つばさよつばさ

浅田次郎

集英社文庫

まえがき

いったいどういう星の下に生まれ合わせたものか、私の人生は好むと好まざるとにかかわらず、旅の連続である。

若いころはしばしば放浪の旅に出たし、職場は出張が多かった。作家になって腰が落ち着くかと思いきや、案外なことに取材だの講演だのと、いっそう旅行に出る機会が増えた。

このごろではたった二週間ばかり旅に出ぬだけで、何だか怠けているような気になる。たぶん私は、生まれついて「羈旅《きりょ》の運命」のようなものを背負っているのであろう。

そうした作家ならばもってこいだとばかりに、ＪＡＬの機内誌でエッセイを書かないかという話があり、こちらも材料には事欠かぬので、もってこいだとばかりにお引受けしたのが去ること十数年前である。

私の経験によれば、たがいにとってもってこいの話はロクな結果にならぬのだが、どうしたわけかこの連載は、たがいの事情にてんでかかわりなく、今日も続いている。

しかもありがたいことには、月にたった七枚の原稿が単行本となり、文庫となり、このたび二次文庫としてふたたび店頭に並ぶ運びとなった。小説家にとっては余芸とも言えるエッセイ集が、こんなふうにロングセラーとなるのは異例である。長い連載の間には読者の世代もずいぶん変わったであろうに、かよう大切に扱っていただき、まこと感謝にたえない。

本書はその長きにわたる連載の第一巻、すなわち二〇〇二年の十一月に始まった「つばさよつばさ」の、初期の部分にあたる。

ということは、内容が今日とは矛盾する。社会事情や物価、海外旅行のしくみや通貨のレート、とりわけその間に急激な変容をとげた中国については、必ずしも今日的ではない記述も多い。しかしながら、それらを書き改めてしまえば、同時に損われてしまうものもあろうと考えて、ほとんどを初出のままとした。

過日、西安の月を眺めながら、ふと妙なことを考えた。

羈旅の運命を背負っているのはともかくとして、そもそも「旅」とは何なのであろう、と。

どれほど過密な日程であろうが、どれほど疲れていようが、旅先での私はいつも幸福なのである。それはつまり、旅という行為そのものに、目的や理由とはかかわりのない魅力があるからなのだろうと思った。

禍福は糾《あざな》える縄のごとしとは言うものの、やはり人生の苦楽は釣り合わぬ。その不均衡を埋め合わせてくれる錘《おもり》が、「旅」なのではあるまいか。

本書が読者にとっての小さな錘となれば幸いである。

では、行ってらっしゃい。

二〇一五年二月吉日

浅田　次郎

つばさよつばさ

目次

つばさよつばさ

旅先作家

子供のころから憧れていた小説家のスタイルがある。

気の向くまま旅に出て、山あいの鄙《ひな》びた温泉宿に泊まり、湯につかりながらあれこれと物語を練り、原稿を書く。一仕事をおえればまたふらりと旅立って、まったく無意志無計画に次の宿を探す。いわゆる旅先作家の暮らしである。紙と筆だけあれば生きて行ける小説家という職業の、それは究極の姿だと思っていた。

トルーマン・カポーティや三島由紀夫の才気には羨望《せんぼう》を禁じえなかったし、谷崎潤一郎の文学的洗練はしんそこ尊敬していたし、ジョルジュ・バタイユのデモーニッシュな空気には魅了された。ほかにも多くの作家から影響を受けたが、かくありたしと憧れる小説家のイメージは、今も昔も変わらず川端康成である。理由はただひとつ、川端は私が理想とする旅先作家の典型であった。

一人前の作家になって、自由気ままな執筆スタイルが許されたなら、必ず旅先作家になろうと心に決めていた。だがしかし、現実はさほど甘くはなかった。作家をめぐる環境は、著しく変容していたのである。

とにもかくにも、私は旅先作家になった。原稿の多くを旅先で書くという字面通りにいうなら、たしかに悲願達成である。しかし実情は全然ちがう。

一年の三分の一ぐらいは旅をしているのだが、「気の向くまま旅に出て、山あいの鄙びた温泉宿に泊ま」ったためしはない。旅に出るというより連れ出され、版元が用意したホテルに泊まる。そこで机に向かい、旅情とはおよそ関係のない、すなわち当面締切の迫った原稿を書く。むろんすべての旅の目的は執筆ではなく、講演、サイン会、雑誌取材、グラビア撮影、CM出演、その他意味不明の招待旅行等々、要するに執筆のために旅をしているのではなく、それ以外の目的で旅をしなければならないから、やむなく旅先で執筆をしているのである。

この数年間の平均をとれば、海外が一年に六回から七回で延べ日数が六十日間、国内が約三十回で、やはり六十日間程度である。かくて私は一年の三分の一を、羈旅《きりよ》の空に過ごしていることになる。

旅とはそもそも非日常の体験である。だからこそ楽しく、創造力の刺激ともなり、思いがけぬ風物に接して心も豊かになる。しかしその旅もかくのごとく度を越せば、日常の空間移動にほかならず、旅先作家というよりむしろ、商社員か芸能人の生活に似てくる。いや、同然というべきであろう。

さて、このように過酷な旅をしていると、機内で過ごす時間がきわめて貴重になる。旅行に先立つ前倒しの原稿はだいたい間に合わないことになっているので、「続きはニューヨークに到着次第、ただちにファックスするから待機していろ」というような恐怖の電話を編集者に入れて成田へと向かう。

この際、出発前のラウンジで書き上げてしまえば後顧の憂いはなくなるのだが、くつろぐべきこの時間にやらねばならぬことはあんがい多い。

免税品を買いに走る。十時間分のタバコを喫《す》う。マイレージの登録をする。マッサージ機を見れば、揉《も》まねば損という気にもなる。かくて出発前の二時間が仕事に費やされたためしはない。

そこで締切まぎわの原稿は、なんとなくPK戦のごとき緊張感を伴って機内に持ちこまれる。

ニューヨークまでの十三時間は、物理的にいうのなら短篇小説を一本書き上げるには十分な時間である。家人や親しい編集者の説によれば、私は健康状態や精神状態のいかんにかかわらず、「ほっとけば小説を書いている」便利な作家であり、本人もそのことはよく自覚しているので、この十三時間にわたるフライトはいかにも「楽勝」という感じがする。

しかし、機内にはたくさんの魔物が棲《す》んでいる。

離陸と同時に出現する第一の魔物は睡魔である。これはたぶんどなたも同じと思うが、機体が上昇するに従って、強烈な睡気《ねむけ》に襲われる。毎度同様の体験をするのだから、おそらく気圧の変化によって血圧がなんらかの影響を受けるのであろう。もっともこの睡魔は、離陸後ほどなく供される食事によって退散するので、さほどの脅威ではない。

第二の魔物は食後のリラックスタイムである。かつてはこのタイミングで、たちまち仕事にとりかかることができた。しかし最近は機内に、「デジタル高画質・高音質の多彩な映画プログラムを、お好きなところからお楽しみいただけます」などという魔物が搭載されているのである。しかも十二チャンネルに及ぶソフトプログラムは実に巧妙で、日ごろ観《み》たいと切望しつつ仕事にかまけて観ることのできずにいる同時封切最新作があるかと思えば、若いころに観たきりその感動をいまだ胸に収めているような、古い名画まで入っているのである。かくて連続二本立て、四時間の貴重な執筆時間は失われる。

やがて機内は闇《やみ》に返り、乗客は寝静まり、ようやく仕事の時間が訪れる。

多くの作家がパソコンで原稿を書く今日、私は古色蒼然《そうぜん》たる四百字詰原稿用紙に万年筆で執筆をしている。一見不自由そうに見えるけれども、原稿箋《せん》はあらかじめ機内執筆用にバインダーで綴《と》じてあるので、さほどの不便はない。気圧の変化によって万年筆のインクが出なくなることがあるから、油性ボールペンと鉛筆も用意している。

それでも第三の魔物は襲ってくる。太平洋上における乱気流である。パソコン執筆が手書きよりすぐれている唯一の点は、乱気流にもめげぬことであろうと私は信じている。

事実ファーストクラスの機内には、いかな揺れにも平然としてパソコンに向き合うパワービジネスマンが必ずいる。


と、このような仕事を続けていても、いまだに連載原稿を落としたためしがないというのは、私のひそかな誇りである。旅先作家に憧れて、とにもかくにもこうなった私の現実を、かの川端先生は空のきわみからどのようなお顔で見守っているであろうか。

機内放送が着陸準備を告げる。原稿を書き上げたというより、魔を調伏《ちようぶく》したような気分だ。日々進歩する機内設備の恩恵に浴していないのは、私だけではなかろうかという気もする。

ニューヨークは快晴である。

成田まで

李登輝前総統との対談で台北に行く。明朝十時四十五分の成田発である。

私の家は奥多摩の山なみを指呼の間に望む東京都の西のはずれにあるので、成田空港まではたいそう遠く、なおかつ車を使うと都内の渋滞を通過しなければならない。したがって午前便で外国に出るときは、前日の成田泊となる。

むろん成田が遠いのではなく、私の家が成田から遠いのである。親子三代の江戸ッ子が東京都民たることにこだわったあげく、東西に長い東京都の西へ西へと住まいを移し、現住所に落ち着いた。

それは直木賞をいただく以前のことで、当時は「小説家は小説を書いていればよい」と思いこんでいた。よもやその小説家が、年に二十回も羽田に行き、六回も七回も成田に通うことになろうとは考えもしなかった。

ならば電車を使えばよさそうなものだが、海外出張に際しては不在中の締切原稿の前倒しがあり、「飛行機の中でぐっすり眠ろう」という状態になっている。スーツケースを引いてラッシュアワーを泳ぎ切るなど、考えただけで気が遠くなる。しかもこのごろは面も割れている。かくて台湾への飛行時間と同じくらいの時間をかけて、私は成田へと向かうことになる。

午前便は前日泊、と決めたのには語るも涙の理由がある。

数年前のことだが、ヨーロッパでの講演に午前便を利用し、時間を計算して家を出た。それまでの経験では余裕のある時間だったのだが、月末の金曜、しかも雨、という条件を勘案していなかった。当然、都心の大渋滞に嵌《はま》ってからは、空港で待つ同行の編集者たちと携帯電話の応酬が始まった。

気楽な一人旅ならともかく、事は重大なのである。講演はチューリヒとロンドンの二カ所で盛大に行われるので、日本からの同行者も六名という大がかりなものであった。遅刻は私の読みの甘さが原因である。しかるに責任を痛感し、「先に行け、後から追いかける」と言ってはみたものの、考えてみれば新幹線で大阪に行くのとはわけがちがうのである。ましてや講演者本人を置いて、スタッフが先行できるはずはなかった。

今もありありと覚えているが、そのときの渋滞中の苛立《いらだ》ち、また渋滞を抜けて東関東自動車道をカッ飛ばしているときの暗鬱《あんうつ》な気分といったらなかった。飛行機を呆然《ぼうぜん》と見送る六人の顔が、ひとつひとつ思いうかぶのである。責任をとるならばまずチケット代の弁償であろうが、FクラスとCクラスの六名分と思えば咽《のど》が渇いた。しかも、日程表によると到着後のスケジュールは目白押しなのである。

幸いこの一件は、スタッフの奔走と航空会社のご協力によってことなきをえた。私がギブアップした時点で、全員のチケットを二時間後のフランクフルト便に変更し、乗り継ぎ便でヒースローに滑りこんだのである。

旅の間じゅう、私はヘコんでいた。みかけによらず責任感は強い。自慢ではないが、いまだかつて「作者急病のため」というお詫《わ》びは掲載したためしがない。ものすごくわかりづらいたとえを引用すると、日清戦争の木口《きぐち》小平《こへい》のようなタイプだと思う。同行者の誰もが、出発時の混乱など悪い夢だとばかりに、一言も愚痴を言わなかった。

結果がよければそれでいいというわけではあるまい。小説だって辻褄《つじつま》合わせのストーリーは興醒《きょうざ》めである。かくて私は、彼らが私を責めぬ分だけ自らを責め、朝食のときはみんなのトーストを焼いたり、ひとりでこっそり買物に出たり、ディナーテーブルではワインをついで回ったりした。いつものように、あれが食いたいだのどこへ行きたいだのは、口がさけても言わなかった。

その一件以来、私は誓ったのである。午前便に乗るときは成田に前日泊をする、と。

さて、そろそろ成田に向かう時間である。近ごろではすっかり旅慣れてしまって、海外に出るにしても、仕度はほんの一時間もあればいい。むしろ資料などを持ち歩く国内の取材のほうが、よほど準備を必要とする。

李登輝前総統との対談のテーマは、「武士道——時代と国境を越えた新渡戸稲造の精神」である。

前総統は新渡戸博士の名著『武士道』を今日的に解釈した『「武士道」解題』という書物を著しておられる。博士は今から約百年前に『武士道』を英文で書き、前総統は日本語で『「武士道」解題』をお書きになった。まことに頭が下がる。むろん「対談」というのは、メディアが用意した様式というほどの意味であって、私ごときが対して談ずべき人物であろうはずはない。学ぶ機会に恵まれたことは幸いである。

そもそも私がこのテーマをいただいた理由は、新渡戸博士の創立にかかる学校の卒業生であることと、出身地の盛岡を舞台とした小説を書いているからにすぎない。明日の対話を想像するだに、流汗の思いである。

流汗といえば、真夏の台北はさぞ暑かろう。どうも私は旅行のタイミングがまずく、この夏も「観測史上最高気温」を、東京と札幌と新潟のそれぞれのご当地で、タイミングよく体験してしまった。奇跡的ともいえる酷暑体験である。

まさか台北で「観測史上最高気温」はあるまいと思うが、すこぶる暑さに弱い体質なので、こればかりはご勘弁ねがいたい。

成田の前日泊もあながち悪くはない。きょうは冷房の効いたホテルの部屋で、背筋を伸ばして『武士道』を繙《ひもと》くとしよう。

台北の街角で

接近する大型台風の影響で暑さこそ凌《しの》ぎやすかったが、台北の街はときおり激しい驟雨《しゅうう》に見舞われた。

われながら意外なことに、台湾を訪れるのは初めてである。近いからいつでも行ける、という妙な考えが働くせいであろうか、これまでにも機会はたびたびあったのだが、なぜか実現しなかった。ちなみに、韓国も上海もいまだ未体験である。

さて、私は健康上および個人的美観上の理由から、夏の外出には必ずパナマ帽を冠《かぶ》る。はっきり言えばハゲのせいである。常人にはわかりづらいであろうが、炎天下のハゲはあやうい。

きょうびパナマ帽は需要の少ない分だけすこぶる高級で、たとえば愛用のボルサリーノなどは背広一着分くらいする。そのくせ何しろ天然繊維であるから、一夏で色が灼《や》けてしまい、形も崩れる。ことに天敵は雨である。

かくして台風接近にもかかわらずパナマを冠って外出した私は、しばしば路上を走る帽子を追って危険な目に遭い、また驟雨がくればアーケードに佇《たたず》んで、ぼんやりと街を見物するはめになった。

しかし旅先の雨宿りはいいものである。あわただしい日程では気付くはずのない風景や習慣やらを、思いがけずに発見することがある。

広い道路の対《む》い側《か》には、古い煉瓦《れんが》造りの建物が並んでいた。桶屋《おけや》があった。古めかしい街並みとあまりに調和しているので、異物感はない。だがよくよく目を凝らすとふしぎな店である。

まず看板が『林田桶店』。「林」ではなく「林田」である。アーケードの下にどっしりと置かれているのは、紛《まが》うかたなく私が少年時代に世話になった風呂桶であった。そのうしろには大小のたらいが山と積まれ、手桶やら柄杓《ひしゃく》やら、要するに今の日本では民芸品店にしかありえぬような桶の数々が、白木の色もすがすがしく積み上げられていた。ランニングシャツに藍《あい》の前掛けをした店主が雨空を見上げていた。この姿もまた、少年時代に見慣れていた頑固一徹の職人そのものである。

ふと、日ごろ夢物語ばかり考えているので、私の身に何かいけないことが起こったのかと思った。たとえば昔の世界に迷いこんでしまったのではないか、と。

私は雨を物ともせずに信号を渡って、林田桶店の店頭に立った。

「はい、いらっしゃい。よく降るねえ」

歯切れのよい下町言葉で店主は言った。近くでまじまじと見れば、懐かしさで胸の詰まるような親爺《おやじ》である。

「お客さん、日本人だろ。あれ、ちがったか」

その一言で、私はほっと息をついた。何かいけないことが起こったわけではなかった。しかし、だとするとこれはいったいどうしたことであろうか。

「あの、日本の方ですか」

と、私は訊《たず》ねた。

「昔は日本人だよ。今もそのつもりだがね」

この答えですべてがわかった。

「こういう品物は、いまだに売れるんですか」

たぶん不躾《ぶしつけ》な質問だろうが、店主は早口の江戸弁で答えてくれた。失われてしまったふるさとの言葉は耳に快かった。

「俺たちの世代はね、まだこういう暮らしをしてるんだ。だから商売になる」

「言葉は」

「夫婦は日本語だな。古い仲間とも日本語でしゃべる。子供らとは台湾語だ。北京語はうまくしゃべれない」

どうしてこれまで台湾にこなかったのだろうと、私は後悔した。若いころにこの国と親しんでいたなら、たぶん歴史観は変わっていただろう。世界観までちがったものになっていたかもしれなかった。

「お里はどこだね」

「神田です。東京の神田」

「はあ、神田の生まれかい。そりゃ江戸ッ子だ」

店主は父の代からの桶屋だった。自分の家では修業にならないから、小僧に出されて腕を仕込まれたそうだ。

日本の敗戦で環境は変わってしまったが、半世紀にわたる日本の生活習慣が改まるわけではない。店主は父の店を継ぎ、桶を作り続けた。

店主は苦労を語らなかった。

「使う人がいるんだから仕様があるめえ。おやじの代からのこの看板だって、おろすわけにゃいきません」

私は店主の作った桶のひとつひとつを手に取った。杉や檜《ひのき》の清らかな香りが胸を穿《うが》った。風呂桶から柄杓に至るまで、丹精こめて磨き上げられた素材はどれも絹のような手触りであった。箍《たが》は縫いつけたように嵌っており、角にはすべて面取りの鑢《やすり》までかけられていた。

「こないだ、日本に行ったんだけどなあ」

と、店主は嘆いた。

旅の目的は桶屋を訪ねることだったそうだ。自分の腕は六十年の間に変わってしまったかもしれないし、日本にはいい職人がいるだろうから、いい桶を探すつもりで出かけた。だが、どこにも見当たらなかった。

「川越で一軒見つけたよ。いい職人だった」

たぶん店主は、よほど東京中を探し回ったのだろう。そうでなければ、川越に残るという一軒の店にたどり着けるはずはあるまい。

私はみやげ物に杉のお櫃《ひつ》を選んだ。飯が二膳か三膳分しか入らない小さなものだが、子供のころに慣れ親しんだ形そのままのミニチュアで、これは芸術品だと思った。値段は日本円でたったの八百円であった。

「なになに、伊達《だて》で作ったわけじゃないのさ。じいさんとばあさんの所帯になっちまえば、これで十分だろ」

きっと台湾のお年寄りたちは、お櫃に移しかえた飯の味を大切にしているのだろう。忘れてしまったことが多すぎると思った。日本人は忘却の達人だ。

店主はお櫃の代金を、どうしても受け取ろうとしなかった。私も出した金をひっこめるほど下衆《げす》ではないから、やりとりは見物人が出るくらい長く続いた。結局私が押し切られた。

「こんなもんまで、まだあるんだけどよ」

と、店主が帰りがけに見せてくれたものは、ぼろぼろにすり切れた法被《はっぴ》だった。親子二代、それを着て桶を作り続けたのであろう。両襟には「林田桶店」の屋号が、矜《ほこ》り高く染め抜かれていた。

小さな杉のお櫃は、世界中のどこのみやげ物にもまさる私の宝物になった。

東北の関羽

車窓に涯《はて》しない凍土の大地が過ぎて行く。

瀋陽《しんよう》の街衢《がいく》を抜ければ山も川も、丘も谷もなく、天と地ばかりが茫々《ぼうぼう》とつらなる無色無彩の風景が続く。

ところどころに煉瓦塀で囲まれた村落があり、雲の切れ間からきっぱりと差し落とされた陽溜《ひだま》りに、羊の群が遊ぶ。

旧満洲という呼び名も、今では旧《ふる》くなってしまった。だが私は、歴史上の経緯はともかくとして、満洲という呼称が好きである。少なくとも中国東北部と呼ぶより、満洲の名はロマンチックで美しいと思う。

かつて歴代の中国王朝から、北の胡《えびす》と怖れられた女真《じょしん》満洲族の故地である。勇ましく、潔く、文字すらも持たなかった彼らは、太古からしばしば漢土を脅かした。ほとんど防衛上の意味のない万里の長城は、彼らに対する漢民族の、内なる恐怖が造り上げた建造物である。

満洲族は文殊菩薩を信仰したという。文殊はサンスクリット語のマンジュシュリーの音訳で、これが満洲の語源となった。

文殊は普賢とともに、釈迦の脇侍《きようじ》として知られる。右なる普賢菩薩は慈悲の象徴であり、左の文殊菩薩は智慧《ちえ》の権化とされる。古来、武を以て男子の徳目とした狩猟民族の彼らが、知恵の仏を信奉したのは、長城の南の文治の人々に対する憧れだったのであろうか。

やがて彼らは、明王朝を滅した李自成を討ち、たった三十万人の満洲族の手で、全中国の支配が始まる。辛亥《しんがい》革命まで続く清王朝である。

今日われわれが、古い中国人の習俗としてイメージする辮髪《べんぱつ》や立襟の服や、スリットの入ったチャイナドレスは、実はどれも騎馬民族たる満洲族のものである。清国皇帝の姓である愛新覚羅《アイシンギヨロ》も、むろん漢族の名ではない。文字を持たなかった彼らは、満洲語の「アイシンギョロ」すなわち「金一族」の意味を持つ姓を、漢語の同音に当てはめてそう名乗った。

冬は厳しい凍土となってしまうが、満洲の土地は肥沃《ひよく》である。それはむしろ、西に砂漠が迫り、黄河の氾濫《はんらん》に悩まされる河北省よりも、遥《はる》かに豊饒《ほうじよう》な国であるといえる。

かつてこの大地の豊かさに着目し、張作霖軍閥の支配から奪わんとした日本は、中国の歴史がそもそも侵略の連鎖であるという認識を持っていたのであろう。

たしかに中国の歴代王朝のうち、純血の漢民族政権といえば、漢と宋と明ぐらいのもので、そのほかはいわゆる侵略者が漢族国民を支配した。しかしだからといって、日本人の中国支配に大義があろうはずはない。歴史上の既成事実が正義とは無縁であるということに、われわれ日本人は今となっても気付いていないのではなかろうか。だからこそいつまで経《た》っても米国からの乳離れができず、中国に向き合う姿勢も曖昧《あいまい》なのであろう。

と、そのようなことを考えながら、私は車窓からカメラのシャッターを切り続けていた。

およそ味気のない風景ではあるけれども、私はなぜかこのマンチュリアのふるさとが好きでならない。

ふいに肩を叩《たた》かれた。軍服を着たいかめしい兵士が私を睨《にら》みつけていた。早口の北京語で罵詈《ばり》雑言を浴びせかけ、私のカメラを奪い取って立ち去ってしまった。まったく何が起こったのかわからない。沿線に撮影禁止の軍の施設でもあったのかと思ったが、それらしき建物などあるような場所ではなかった。だとすると、カメラ没収の理由はひとつしか考えられない。

中国の官憲にはしばしば不心得者がいる。たとえば北京の町なかなどではよく見かける光景だが、交通違反者の運転免許証を警官が取り上げて、スタスタと立ち去ってしまうのである。つまり、返して欲しくば賂《まいない》をよこせ、というわけだ。

さて、どうする。日本人の金銭感覚からすると、彼が納得する人民元などまことに些《さ》少《しょう》なものであろうが、どうも私は生来妙に正義感が強くて、こういう場面になると金銭の多寡ではなくなるのである。かといって、言い争えばどんな大ごとにならぬとも限らぬ。

列車は凍原のただなかの駅に停《と》まった。ホームには大勢の人がいる。いったいに中国人は整然と列車やバスの乗り降りをしない。お早い者勝ちという感じで、タラップは大混乱となった。

すると、例の兵士が私のカメラを胸に吊《つ》り下げたまま出てきて、大声をあげながら乗降客の整理を始めた。おそらく日本でいう鉄道警察官にあたるのであろうか、怒鳴ったりジョークをとばして人々を笑わせたりしながら、実に手際よく群衆を車内に詰めこむ。

やがて列車が走り出すと、彼はまた再び私の席にやってきた。おそらく、目論見《もくろみ》が私に通じていないと思ったのであろう。

さきほどとは打って変わった笑顔を見せ、「これはいいカメラだ。いくらぐらいするんだ」と訊ねる。こうなると彼の肚《はら》のうちは明らかである。明らかすぎて憎みようもない。

彼はたいそう恰幅《かっぷく》がよく、中国人には珍しい立派な頬髯《ほおひげ》をたくわえ、いかにも古株の下士官という趣があった。

悪習慣に対しては、たとえわずかな金でも払いたくはない。そこで私は、じっと彼の風貌《ふうぼう》を見つめて、「あなたは関羽のようだね」といかにも感心したように言った。

思いつきではあったが、この一言は効いた。彼は呵々《かか》大笑し、それからひどく照れ、私にカメラを返してくれた。

三国志の武将関羽は、神格化されるほどの中国庶民の英雄である。そう言われたのがよほど嬉《うれ》しかったのか、関羽が賂などを貰《もら》ってはまずいと思ったのかはわからない。賄賂《わいろ》のかわりにセブンスターを一箱差し出すと、彼はとても喜んで私を食堂車に誘った。車内は禁煙だが、俺と一緒なら喫ってもいいのだ、と言う。

熱い茶を飲みかわしながら一服つけ、彼ははずれてしまった目論見をごまかすように、上手な漢字をナフキンに並べて書いた。

煙酒不分家《イエンジユウブウフエンヂヤ》。タバコと酒はみんなのもの、という中国の格言である。

もともと彼に悪気はなかったのかもしれない。日本人が珍しくて、話をしたかったのだろうと私は思うことにした。

堂々たる体軀《たいく》といい、濃密な髯といい、たぶん彼は誇り高き満洲族にちがいなかった。

「僕は中国と中国人を、とても尊敬している」

私が言うと、彼は即座に答えた。

「僕も日本人を尊敬しているのだが、会う機会もないし、よく知らないんだ」

なるほど中国は、近くて遠い国である。

車掌に写してもらった彼とのツーショットは、私の宝物になった。名前も住所も訊《き》かなかったことは、今さらながら悔やまれるが。

「磨刀雨」と「白毛風」

五月十三日の北京は雨であった。

大旱不過五月十三《ダーハンプウグオウーユエシーサン》――日照りも五月十三日まで、という古い諺《ことわざ》の通り、目覚めてみればホテルの窓から見おろす街衢《がいく》が、やわらかな春の雨に濡れていた。この日には必ず、「磨刀雨《モーダオユー》」と呼ばれる雨が降るらしい。

由来は遥か昔の、三国志の時代に遡《さかのぼ》る。

荊《けい》州の主権を手に入れようとしていた呉の将軍が、あるとき一計を案じて蜀の関羽を宴席に招いた。その席上で荊州の件を迫り、承知しない場合は殺してしまおうという謀略である。幕僚たちは危険を察知して諫《いさ》めるが、俠気溢《きょうきあふ》るる関羽は宴《うたげ》を拒むことを潔しとせず、単身この招待に応じた。提《ひっさ》げる武器はただひとつ、青龍偃月刀《せいりゅうえんげつとう》という長柄の刀である。

偃月は弓張月のことであるから、反りの強い刀だったのであろう。後世の湾刀を総じて青竜刀と呼ぶのは、そもそもこの刀の名にちなむのかもしれない。

関羽は呉の要求に応じなかった。のみならず宴中胆力をこめて雄弁をふるい、荊州を手放すどころかわが領土であるとの説得すらして、無事に帰ってくる。どうやらこの将軍は卓越した外交官でもあったらしい。

これは『三国志演義』第六十六回に見える逸話で、京劇の演目としても有名な『単刀会』として知られる。

つまりその単刀会――一本刀の会談の日が五月十三日であったから、天帝は関羽の勇武をたたえて、この日には刀を研ぐための雨を降らせるようになった。

しかし考えてみれば、荊州は遥か南の湖北省であり、暦はむろん旧暦なのだから、北京の朝を蕭々《しょうしょう》と包む雨は美しい偶然にちがいない。

思い立って散歩に出た。この季節の雨は黄砂を拭《ぬぐ》い落として、むしろ風景を瞭《あきら》かにする。槐《えんじゅ》や柳の若葉にも、雨がよく似合う。

市内はどこもかしこも、オリンピックを間近に控えた再開発にあわただしかった。前門外《チエンメンワイ》の胡同《フートン》をさまよってみたが、まだ壊されてはいないものの住民はあらかた立《た》ち退《の》いたらしく、ひっそりと静まり返っていた。

取材に託《かこつ》けて北京に足繁く通い始めてから十年が経つ。その間の様変わりを思えば、私は古きよき北京を記憶する、最後の旅人になるのかもしれない。

ぬかるむ胡同を歩きながらふと、東京オリンピックのおかげで失われてしまった、私のふるさとの風景を思い出した。中学一年生だった私は手放しで歓喜したが、四十年も経って振り返れば、都電や掘割や広い空が今さら懐かしくてならない。

北京には二夜とどまり、列車で瀋陽へと向かった。執筆中の長い小説はおおよそこの二つの都市と、その沿線が舞台になっているので、取材旅行のルートはいつも同じである。往還すること五度目ともなれば、なんだか九時間の鉄路も通いなれた通勤電車のような気がしてくる。それでも車窓を過ぎる景色は、見飽きることがない。

瀋陽はかつての重工業都市から、商業と観光の都市へと変貌《へんぼう》している。訪れるたびに明るくなるような気がする。折しも世界園芸博覧会が開催中で、清潔な市街には花が溢れていた。

しかし風景がいかに変わろうと、北京の雨が変わらぬように、この季節の瀋陽には猛々《たけだけ》しい風が吹く。遥か蒙古の砂漠から黄砂とともに押し寄せてくる、「白毛風《バイマオフォン》」である。

杉花粉を運ぶわが国の春風などとは程度がちがうから、マスクもゴーグルも役には立たない。女性たちは薄物のスカーフを袋のようにすっぽりと頭から被《かぶ》る。歩く姿はみな風に向かって前のめりである。

この大風の中を、郊外の新民市まで出かけるのはさすがにためらわれたが、小説の主人公は二十世紀初頭の馬賊なのだから、この砂嵐に巻かれてみるのも貴重な取材である。はたして瀋陽の市街地を出て西へと走るほどに、真昼のヘッドライトも心細く思えるほどの、黄砂と暴風の世界となった。

新民は瀋陽から西に百キロ、茫漠たる黄土のただなかの町である。貧しい流民の子として生まれた張作霖は、この町を根城とする馬賊の親分となり、ついには関外の覇権を一手に握る「東北王《トンペイワン》」となった。軍閥割拠の戦乱の時代には、いっとき最も中原《ちゅうげん》の覇者に近く、紫禁城の玉座に王手をかけた人物である。

新民の家々はみな、頭が鴨居《かもい》にぶつかるほど低い。壁は頑丈な黒煉瓦を何重にも積んだ厚さである。しかもそれらの家は、なかば砂に埋もれていた。

吹き飛ばされまいと立ち寄った家の老婆は、「こんなものは風のうちにも入らないよ」と笑った。ひどいときには、本当に人が空を飛ぶそうだ。多少の誇張はあるにしても、さもありなんと思わせるほどの風である。

ことに零下三十度の真冬に吹く風は、文字通りの「白毛風」――白髪の悪魔で、けっして戸外に出てはならない。さる冬も買物に出た老人が、地平から押し寄せてきた白毛風に呑《の》みこまれ、道路を挟んだ家の向かい側で息絶えていたそうだ。

再び町に出ると、たしかにこんなものは風のうちにも入らないらしく、人々は袋を被って歩いており、街頭の市場は何ごともないように繁盛しており、買物をおえた人は路上になぎ倒された自転車やバイクを、よっこらせと起こして走り去るのである。しかし私たち一行はと言えば、前のめりに歩くことすらできず、次第に蟹《かに》のごとき横歩きとなり、コンタクトレンズを使っている編集者は哀れ視野を完全に失い、カメラマンは撮影どころか機材を砂から守るのが精一杯という有様だった。

逃げこんだ食堂で、店主は大わらわの私たちをふしぎそうに見ながら、「日本には風も吹かないのかね」と言った。

昼食の春餅《チュンピン》は、焼豚や野菜炒《いた》めを小麦粉の薄皮にくるんで食べる郷土料理である。この過酷な大自然の中でも、豊かでおいしい食事を欠かさぬ中国人は、しみじみ偉大だと思った。

張作霖が日本軍の謀略によって列車もろとも爆殺されてから、七十八年が経つ。新民の町に若き日の彼の足跡を見出《みいだ》すことはできなかったが、「白馬の張」の異名をとったその一代の梟雄《きょうゆう》が、常に風の中にいたことを実感できただけでも、貴重な取材だった。

中国東北部の町では、どこでもしばしば奇妙な形の荷車を見かける。自転車の前に、三輪の大きな荷車がついており、荷物は引くのではなく押すのである。これは事故防止と泥棒よけのために、東北王が自ら考案したものだそうだ。流民の子に生まれ、中原の虹《にじ》を追って大地を駆けた張作霖は、庶民の暮らしを知りつくしたアイデアマンでもあったらしい。

孫文や袁世凱が関外の魔王として怖《おそ》れた「白馬張《パイマーチャン》」だが、東北の農民たちは彼を、「万人喜《ワンレンシー》」と呼んだという。

マイ・ファースト・フライト

私が初めて空を飛んだのは一九七四年、自分なりにわかりやすく言うと昭和四十九年の秋であった。

まことに信じ難い話であるが、二十二歳の私は毎朝三十分もヘアドライヤーと格闘せねばならず、今とさして変わらぬ体重にもかかわらずウエストは七十センチしかなく、要するに自分で言うのもなんだが、町なかの女性がすれちがいざまに恋に堕《お》つるほどの美青年であった。証拠写真が皆無であることはかえすがえすも無念である。

そんなある日、突然思い立ってハワイに行った。前後の経緯は忘れたが、周到な計画や情報収集が好きなわりには、いざとなるとすべてをご破算にして思いつきの旅に出るのは今も昔も変わらぬ私の癖である。

昭和四十九年といえば、パックツアーの発売とジャンボジェット機の就航により、海外旅行ブームの扉が開いた瞬間だったのであろう。一生に一度の夢と思っていた外国が、若者にも手の届くところまで急接近したのであった。

それまでにも、学園紛争のロックアウトをこれ幸いに外国旅行に出た友人は数多かったが、代表的な事例といえば「ビートルズに触発されたインド無銭旅行」とか、「シベリア鉄道に乗ってローリング・ストーンズに会いに行く」といった無謀なもので、よほどのヒマと勇気がなければ実現不可能であった。しかも学生のアルバイト代などせいぜい時給二百円の時代であるから、金銭的にも至難の業であった。

ホノルル四泊六日。市内半日観光付き。アラモアナホテル利用。ツアー参加費用は二十万円。二十二歳の青年にとってこれは壮挙である。しかも変動為替相場制が採用されて間もないころであるから、小遣もなまなかではない。父は「身のほど知らず」と決めつけ、母は「あぶないからやめなさい」と言った。

ところで、とっさの思いつきであったにしては、たいそう手続きが面倒であったと記憶する。パスポートの申請もあれやこれやとやかましく、渡航ビザも必要であり、微に入り細を穿った説明会に参加して、「洋式バスの使用法」などを聞かねばならなかった。

出発は十一月だというのに、夏のうちから来るべきその日のために真っ白な綿のスーツを買い、アロハシャツ、サングラス、パナマ帽、白の靴とソックス、要するに「ハワイアン・イメージ」のファッションを怠りなく揃《そろ》えた。何ごとも形から入るのは、当時から私の主義であった。

さて出発まぎわになって、下宿の大家に六日間の不在を告げに行ったところ、それは快挙だというわけでスキヤキの壮行会を催してくれた。なんでも戦時中は南方の海軍基地にいたという大家の武勇伝を聞かされ、「マラリアには気を付けなさい」などという妙な指導も受けた。

出発の朝はものすごく恥ずかしかった。何しろ前述の出で立《い》ち《た》で、スーツケースをゴロゴロと引きながら電車に乗るのだ。「完全なるハワイアン・イメージ」のために、造花のレイとウクレレまで用意してあったのだが、さすがに下宿を出たところで思い直し、二品は置いて行くことにした。それにしても恥ずかしかった。今日のように新宿駅から成田エクスプレスに飛び乗るならいいが、寒風吹きつのる十一月末の山手線に、白いスーツとパナマ帽で乗りこみ、羽田空港へと向かうのである。人々の胡乱《うろん》げな視線を浴びながら、レイとウクレレを置いてきたことは賢明であったとしみじみ思った。

実は海外旅行どころか、飛行機に乗るのも初めての体験だったのである。当時はまだ航空運賃と鉄道運賃の間に格差があり、国内の移動に飛行機を利用するなど、若者にとっては相当の贅沢《ぜいたく》といえた。ちなみに手元の資料によれば、昭和四十九年当時の東京―大阪間航空旅客運賃は九千八百円、これに比べて国鉄運賃は乗車券が二千八百十円、自由席特急券が二千百円、なるほどこの差は決定的というべきであろう。

つまりその日の私は、初めての外国と初めての飛行機という、二重の興奮に舞い上がっていた。

パックツアー草創期のことであるから、空港にも海外旅行者は少なかった。国際線のゲートに向かうエスカレーターに乗ると、背中に羨望の視線を感じた。どのツーリストにもたいてい見送る人がおり、新婚旅行のカップルは友人たちのバンザイに手を振って応えるのが、このエスカレーターでの儀式であった。人々はバンザイをおえるとただちに滑走路を望むデッキに出て、飛行機が飛び立つまで見送ったものである。

就航して間もないジャンボ機の大きさには目を疑った。このように巨大な物体が空を飛ぶということが、まず信じられなかった。旅客機というものは通路を挟んで二列の座席が並んでいるとばかり思っていたので、真ん中の席に座ったときにはとても損をした気分になり、「窓際の席とここことは料金がちがうのか」などと考えた。

離陸のときは歓声が上がった。つまりそれほど、機内には飛行機初体験の人が多かったのであろう。少なくともジャンボ機に乗るのは、ほとんどの人が初めてだったはずである。だから人々の感動が「おお!」というひとつの声になった。

この「おお!」はそれから数年間は聞くことができた。空の旅が誰にとっても身近になった今日では、機内もいつ離陸したかわからぬほど落ち着いたものだが、私はときどきその静けさの中で、あの日の「おお!」という歓声を思い出すことがある。

当時のハワイは「異国」であった。日本人観光客が増え始めたとはいうものの、行きかう人々のほとんどは外国人で、ホテルでもレストランでも日本語は通じなかった。クレジットカードなどは持っていなかったから、手持ちのわずかなドルを数えながら買物をした。そもそもみやげ物を買う程度の金しか、国内から持ち出すことができなかったのである。

ハワイで何をしたという記憶はないのだが、唯一鮮明な思い出といえば、Tシャツと短パンのままワイキキからアラモアナビーチまで泳いで帰ったことである。自衛隊を除隊して間もないころであったから、よほど体力には自信があったのであろう。ワイキキの灯を一望にするほどの沖合を、すこぶるご機嫌に泳いでホテルへと帰った。月は細く、夜空には満天の星が溢れていた。

このごろのハワイの変わりようにも驚かされるが、悲しむべきは私自身の変わりようであろう。おめかしをして街に出たところで、もはや振り返ってくれる女性のいるはずはなし、先日は真っ昼間のワイキキで泳ぎながら、足がつかぬことにあわてふためき、しこたま水を飲んでしまった。

自他ともに、まさしく隔世の感である。

「EVER VENDING STORY」

香港のサウス・チャイナ・モーニング・ポスト紙に、「EVER VENDING STORY」と題する興味深い記事が掲載されていた。

三人の舞妓《まいこ》さんが路上の自動販売機《ベンディング・マシーン》で缶ジュースを買っている写真はまさか偶然のショットではなかろうが、それにしても名タイトルである。

同紙によると、「日本では誰とも話さずに必要なものはすべて買うことができる」し、「自販機は少子化対策の一種」であり、「移民の仕事を自販機が代行している」そうである。

なるほど外国人旅行者の目には、日本中に氾濫する自動販売機の有様が、そんなふうに映るのであろう。私たちは自販機をすでに日常生活の一部とみなしているが、これは世界の常識ではない。わが国は突出的な自販機大国なのである。

外国人に日本の率直な印象を訊ねると、しばしばこの答えが返ってくる。「Vending machine!」である。つまりそれくらい、「必要なものはすべて買うことができる」と信じるくらい、この自販機文化は奇異に見えるらしい。そこで、この文化の存在理由を合理的に説明するとなれば、「少子化対策のために機械が労働を始めている」、あるいは「日本は移民がほとんどいないから、ささいな仕事は機械が代行している」ということになるのである。

あらぬ誤解をされては困るので、これからはわが国の自販機文化について、きちんと解説をせねばならぬと思った。

「いや、そういう理由ではなく、まず第一に日本人は機械が好きなんです。作るのも好きだし使うのも大好きですからね。それともうひとつ、治安がいいからマシーンの中のお金を狙《ねら》う犯罪なんて、めったにありません」

と、つまるところそういうことになろうか。

かつて私は、『プリズンホテル　春』というお笑い小説の中に、お役所の手ちがいであろうことか五十二年の懲役をくらった気の毒な俠客《きょうかく》を登場させた。彼が府中の刑務所を出所したとき、まっさきに向き合うのがタバコの自動販売機である。

以下、出迎えた元刑事との対話を抜粋する。

「タバコ屋？　朝っぱらからこんな小せえ箱の中にへえって、ババアは息が詰まりゃしませんかい」

「ボタンを押してみろや。下から出てくる」

「へ。こ、これを押すんですかい。電気がきたりしやしませんかい。何ともまあ、横着なもんでござんすねえ」

「ありがとうございました。お釣りをお忘れなく」と、機械。

「いえ、どういたしやして。朝っぱらからご苦労さんです。釣り銭はとっといておくんない」

「さ、ともかく一服つけろ」

「旦那《だんな》。ババアかと思ったら、けっこう若え女《わけ》でしたね。悪い世の中だ。いってえ何の因果で若え娘が、あんな窓もねえ箱の中に押しこまれてるんでござんしょう」

「……まあ、つけろや」

――と、こんなシーンである。拙著は一九九六年の執筆であるから、この気の毒な老侠客は敗戦も復興も高度成長も知らない。五十二年ぶりにシャバの空気を吸った彼は、まず自動販売機が理解できないだろうと、私は想像したのだった。彼の懲役期間は、作者である私の成長時期とほぼ重なるから、この想像はたやすかった。

私が物心ついたとき、自販機はすでに存在していた。唯一と言ってもいいであろうか、昭和三十年ごろの自販機といえば、駅の出札である。十円玉を入れて重いハンドルをガタンと押すと、初乗り区間の切符が出てきた。ほどなくそのハンドルがなくなって、硬貨を入れると同時に切符の出る機械が出現したときには、これは大したものだと感動した記憶がある。

それからというもの、いわゆる自販機は雨後に筍《たけのこ》の生えるがごとく街角のあちこちに現れ、ありとあらゆる品物を売り始めたのである。したがってそれらと肩を並べて成長した私には、異物感どころか幼なじみのような親しみさえある。長い歴史の間には、あえてなんだとは言わぬが、自販機だからこそつくづく有難かったものとか、パロディとしか思えぬ一発屋とか、存在理由がどうしても理解できぬ変わり種とか、いろいろあったのだけれど、そうしたキャラクターもまたともに育った友人たちと同じだった。

いきおい若い人たちからすれば、自販機社会は既成事実であり、自然環境に等しい。むしろこんな便利なものが、なぜ外国には少ないのだろうと誰もが首をかしげるにちがいない。


ところで、ふと思い返してみるに私が初めて海外に出た昭和四十年代末のことだが、ホノルルのアラモアナホテルのエレベーターホールには、日本のそれと同じ清涼飲料水の自販機がたしかにあった。缶コーラが二十五セントだったことも覚えているのだから、まちがいではない。

つまりそのころには、日本製か米国製かは知らないが、少なくともハワイには自販機が導入されていた。しかしほどなくそれらは姿を消してしまい、このごろになってようやくあのバカでかい、それこそ中に人が入っているんじゃないかと思えるようなコーラの自販機が、世界中の都市のあちこちでちらほらと見受けられるようになった。

さて、この不可解な空白はいったいどうしたことであろうか。万事において合理性を追求するアメリカ人が、いったん導入した自販機文化を発展させなかった理由が、治安のよしあしばかりであるとは思えぬ。少なくともホテルの中に設置した自販機を、あえて撤去する理由はあるまい。

そこで私は、この便利な機械文明が日本でだけ栄え、諸外国ではさほどに進展しなかった理由について考え直してみた。

生活に必要な品物の売り買いというものは本来、両者が対面してこれを行うという常識と道徳とがなければならぬ。もしや日本人はその世界的な常識と道徳とを無視して、単純に物と金とを交換するという合理主義に走ったのではなかろうか。

だとすると香港の良識ある新聞が、「少子化対策のため」あるいは「移民の労働を代行するため」と規定した自販機の存在理由も、むしろ好意的な対日本人観と思える。

たぶん私たちはめくるめく高度成長期に、アメリカの合理主義を超越してしまったのであろう。自販機がかくも増殖した本当の理由は、日本人の機械好きでも日本社会の治安のよさでもなく、われわれが物の売り買いにまつわる人間のコミュニケーションすらも、不要なものだと考えた結果ではあるまいか。

懲役五十二年の老侠客は、明けやらぬ路上で自販機を見つめながら、しみじみとこう呟《つぶや》く。

「いってえ日本はいつになったら元通りになるんでござんしょう。戦に負けるってのァ、切ねえもんでござんすねえ」

あぐら

私は飛行機に乗ると、たちまちあぐらをかく。長距離列車でも同様である。この姿勢は見た目にたいそうオヤジ臭く、お世辞にも行儀がよいとは言えぬのだけれど、らくちんなのだから仕方がない。

日ごろの生活は文机にあぐら、読書も執筆も常にこれであるから、長い間にあぐら的骨格が固まってしまったらしい。それ以外の姿勢では落ち着かず、かつ疲れるのである。

もともと育ちが悪いので、勉強机や椅子《いす》を持たず、もっぱらチャブ台が机であった。小説家になってからは立派な机を買ったのだが、依然として椅子の上であぐらをかいていた。それでは意味がないから、また文机に逆戻りした。さまざまの資料や辞書類を周辺にちらかす癖もあるので、やはり畳の上に大あぐらをかいて文机に向き合うほうが勝手もよいのである。

あぐらとズボンはまことに相性が悪い。下半身の血流が悪くなるので、長時間の仕事に耐えない。その点、着物は楽である。畳とあぐらと着物、これらは三つ揃いのワンセットと言えるであろう。

つまり、小説家が着物を着るのは伊達や酔狂ではなく、文机にあぐらの場合は自然とそういう身なりになる。早い話が作業衣である。

ダルマのごとく日がなこの姿勢で暮らしていると、まさか足が退化することはないが、骨格が妙な形に固まってしまうらしい。で、新幹線の車中では「うざったいオヤジ」という目で見られ、機内では隣の外国人から、「ZEN?」などと訊ねられる。

見た目は悪くとも公序良俗に反しているわけではないし、むろん宗教的理由もない。らくちんだからいつもあぐらである。


ところで、考えてみれば「あぐら」は妙な言葉である。

辞書を引けば、「あ」は足、「くら」は「座」の意であるそうな。しかしどうも「あぐら」という音韻には非日本語的な響きがあるように思える。語源は「足座」ではなく、外来語のような気がしてならぬ。

通例、この「あぐら」を漢字で表記する場合は、「胡坐」「胡座」「胡床」「趺坐」などと書く。みなアテ字である。

このうちの「趺坐」は「結跏趺坐《けっかふざ》」の熟語が表す通り、「趺」すなわち両足の甲を反対側の腿《もも》の上に置いて足を組むという禅定《ぜんじょう》修行の座り方であるから、生活上の「あぐら」のアテ字としては適当でなかろう。「胡」は漢民族から見た北方異民族の蔑称《べっしょう》である。

あんがい知られていないことだが、中国人にあぐらをかく習慣はない。昔から欧米と同じく椅子とテーブルの生活であるから、あぐらはかこうにもかけないのである。

つまり、あぐらは蒙古族や女真族の慣習であり、そこから「胡座」という表記が生まれたことになる。「北のほうの外国人の座り方」という意味である。

ただし現代の中国語に「胡座」という言い方はない。あぐらは「盤腿坐《パントゥイツォ》」という。「盤」は「たらい」の意味で、つまりたらいの中で行水をするときの座り方、ということになる。なるほどたらいで水を浴びるときには、あぐらをかくほかはないであろう。

中国歴代皇帝の肖像画を見ると、漢族王朝たる明の皇帝はみな椅子に腰かけている。ところが、続く清王朝の皇帝はしばしばあぐらをかいている。

これはわかりやすい。清王朝は北方騎馬民族、すなわち「胡」であるからあぐらをかいているのである。

おそらく、農耕民族たる漢民族は定住地で生活するから、机だの椅子だのという家具を持ったのであろう。一方の北方民族は狩猟や牧畜をしながらあちこち移動するので、敷物の上にぺたんと座るあぐらが、生活上の基本スタイルになったのではなかろうか。

私はモンゴルや中央アジアに旅したことはないが、元来が遊牧民族である彼らには、たぶんあぐらをかく習慣があると思う。

だとすると、農耕民族にちがいないわれら日本人が、なにゆえあぐらをかくのかという疑問が生ずる。

この習慣ひとつから、祖先はやっぱり騎馬民族だと断定するのはいささか早計かもしれないが、多少の説得力はあるであろう。ちなみに、月代《さかやき》を剃《そ》るチョンマゲの伝統は、女真族の辮髪に通ずると思われる。

学者は真実を追究しなければならない。しかし小説家は嘘《うそ》をつくことが仕事である。つまりあらぬ推理をこうして文字にするのは小説家の特権で、しみじみまじめに勉強してこなくてよかった、と思う。

そこで、さらに無責任な推理を開陳する。

役立たずの雑学書が犇《ひし》めく書棚の中から、『満州語入門』という極めつきの役立たずを見つけ出した。薄っぺらな入門書なのに、定価が一九八九年当時で六千円もする。家族には迷惑をかけてきたのである。

さて、その書物の記すところによると、満州語すなわち、今はほとんど滅んでいる旧女真語の「アグ」は、「皇子、兄、老兄」という意味だそうだ。これを「あぐら」と結びつけるのはいささか強引ではあるけれども、たしか私は子供のころ躾《しつけ》に厳しかった祖父母から、「えらそうにあぐらなんかかくんじゃない」と叱《しか》られた記憶がある。

なるほどあぐらは偉そうな姿勢である。皇子や老兄、あるいは兄という目上の人の特権かと思えば、これが語源なのではあるまいかと疑いたくなる。「あぐら」の音韻は日本語的ではなく、漢字も明らかにアテ字であるところをみると、あんがい当たりかもしれぬ。

ところで、私はただいまサイン会場に向かう列車内でこの原稿を書いているのだが、姿勢はむろんあぐらである。列車も車も飛行機も、年々シートのサイズにゆとりができてあぐらをかきやすくなった。まことに有難い限りである。

椅子のサイズというなら、中国の椅子は世界一デカい。たとえば中華料理屋の待合室に置いてある、紫檀《したん》の椅子のあの無用なほどのデカさを思い起こしていただきたい。

ふと思うに、あの巨大なサイズは椅子に腰かけるのではなく、椅子の上にゆったりとあぐらをかくためなのではあるまいか。清王朝のいわば満漢折衷の伝統が、あの巨大な椅子を生み出したのではないかと思える。

こうしてあれこれ考えていると、あぐらひとつから際限なく興味が湧き出してとどまるところがない。

またひとつ思いついた。「あぐらをかく」の「かく」という動詞はいったい何ものだ。けっして「あぐらに座る」とも「あぐらをする」とも「あぐらをやる」とも言わぬ。なぜ「かく」のか。かくならかくで、その漢字はいったい何を当てるのだ。適当な漢字がないというのが、また怪しい。

思い屈して筆を擱《お》く。誰か教えてくれ。

水あたりと泥棒

海外旅行の注意事項といえば、水あたりと泥棒。むろん誰もが承知しているし、ガイドブックの記述やツアーの説明会でも、いちいち念を押すことを忘れない。

わが国では、水道の蛇口から出る水はすべて飲料水であり、ひったくりや置き引きなどはめったにいないので、外国に行ったらこの二点だけはくれぐれも注意しろ、というわけである。

これはごもっとも。何しろ年間六、七回、延べ六十日間も海外旅行に出る私ですら、いまだにしばしばこれらの事故に見舞われるのだから、注意をしろというより注意のしようもないと言ったほうが正しいのかもしれない。それくらい日本は清潔で安全な国なのである。

体はいたって丈夫だが、丈夫すぎて過敏である。こういう体を日本では丈夫と言うが、グローバルにはひよわと言う。そもそも黴菌《ばいきん》の少ない環境に生まれ育ったので、抵抗力もないのである。ために生水を飲むどころか、歯磨きまでミネラルウォーターを使っているのに、なぜか腹をこわす。おそらく食器やら野菜などの食材からウイルスが侵入するのであろうが、そこまで気を付けろというのは無理な話である。で、出発の数日前から整腸剤を飲み始め、旅行中も三度三度ずっと飲み続けるという方法をとっているのだが、これはあんがい効果がある。

泥棒の被害は、この二年間で二度蒙《こうむ》っている。懐や持物には常に万全の配慮をしているので泥棒のつけ入る隙《すき》はないが、なぜか二度にわたって被害を蒙ってしまった。

犯行現場は二度ともホテルのゲストルームである。たとえホテルの室内でも油断ならないという知識はあるので、私はチェックインするとただちに「現金」「パスポート」「クレジットカード」「エアチケット」の四種類をセーフティボックスに収める。四ケタの暗証番号なども、生年月日とか住所とか電話番号とか並び数字とか、万にひとつでも想像できそうなものはけっして使わない。ためにセーフティボックスから物を盗まれたためしはないが、暗証番号を忘れてフロントに泣きつくことしばしばである。

部屋の施錠は細心かつ厳重、ドアチェーンのないホテルには泊まらないし、同行の編集者が部屋を訪ねてきても、ドア越しに日本語の正確な発音を確認し、要すれば合言葉を言わせる。

常に最悪の状況を想定しておくという自衛隊教育のトラウマがあるうえに、密室仕事が被害妄想を形成しているので、このくらい用心深いのである。

ところが一昨年、アラブの某国の某高級ホテルに宿泊したとき、ブリーフケースの中から携帯電話機が消えた。旅行に際しては成田空港で海外用の携帯電話機を借り、国内用の電源を切ってブリーフケースに収《しま》うのが私の常である。つまり盗まれたものは日本国内専用であるから、泥棒はさぞガッカリしたであろうが、私にしてみれば大きな損失であった。

これとまったく同様のパターンで、昨年アフリカの某国に行ったとき、電子辞書が消えた。書斎では戦場の防衛陣地のごとく、夥《おびただ》しい種類の辞書に重畳《ちょうじょう》と囲まれている私であるが、まさかそれらを旅先に持って行くことはできぬので、電卓程度の小さな機械の中に全二十一種類もの辞書機能を搭載した最新鋭機を携行することにしている。日ごろ書斎でこれを使用しないのは、われながら大きな謎である。しかし某国の泥棒が「広辞苑」を使うとは思えぬので、さきの国内用携帯電話機とまったく同じ理由から、彼がさぞガッカリしたであろうことは疑いようがない。ただし私にとっては損失である。被害者も加害者もガッカリするような犯罪は許し難い。

こうした事件に遭遇してホテルに文句をつけようにも、確たる証拠があるわけではなし、また貴重な時間を奪われるのも得ではないから、自己の管理責任が甘かったとあきらめるほかはなかった。

たしかに日本の常識からすると、物がなくなったときに「盗《と》られた」と断定するのは悪いことで、現実にもそのケースは少ないから、たいていは「落とした」か「紛失した」と考える。しかし外国では「盗られた」と考えるのが常識である。ただし盗るほうよりも盗られたほうが間抜けだという常識もあるので、よほどの大金でもない限り積極的な捜査などは期待できない。

水あたりにしろ盗難にしろ、旅先で事故や事件に遭遇してまず考えることは、われわれが生まれ育った国のありがたさである。私が幼かったころには、日本ももっと物騒だったはずなのだが、その記憶さえ喪《うしな》われてしまうくらい高度成長期の社会は安全になった。国家も国民も、おのれの身にふりかかる危機に関しては鈍感である。おそらく外国人から見たわれわれは、よほどボーッとしているのであろう。

そういえばかつてローマの路上で、ひったくりを目撃したことがある。すぐ近くにいたヨーロッパ人の女性観光客がバッグを奪われたのだが、逃げる間もなく私と同年輩の東洋人が猛タックルをかけ、たちまち犯人をボコボコにした。目の覚めるようなスピードとパワーであった。日本人もやるものだなと感心したが、怒鳴り声は韓国語であった。むろん日本人の私は、なすすべもなく立ちすくんでいたのである。

のちになって考えたのだが、その瞬間の私はべつに臆《おく》したわけではない。乱暴なひったくりを目の前にしても、にわかには信じられず、映画かテレビのワンシーンを見ているようにボーッとしていたのだった。これが危機意識の欠如というものであろうと思った。

さらによくよく考えてみれば、犯人を取り押さえた韓国人と私は同年配の男性であり、ということは私が自衛官であったころ、彼も韓国軍に徴兵されていたはずである。これは私としては恥ずべき事実であろう。

旅先のトラブルはないに越したことはないのだけれど、事故や事件はさまざまの反省をわれわれに促す。嘆いたり驚いたりするよりもまず、しみじみと反省してみるべきである。すると日ごろ気付くこともない日本人の姿が見えてくる。消毒された水を飲み、泥棒のいない町に育ち、戦争のない国家に生きるわれわれの姿である。それは理想の社会にはちがいないのだが、おそらく外国人はそうした日本人を偉いとは思わぬであろう。少なくともこと危機管理に関して、日本の常識はまったく世界に通用するものではない。いわば温室の常識である。

混浴の思想

ゼーフェルトはアルプスの山々に囲まれた、物語の中のような村である。アルプスはスイス側もいいが、オーストリアのチロル地方も捨てがたいと人に勧められ、トランク一杯の書物を抱えて旅立った。ウィーン経由でインスブルック、そこから三十分ほど登山電車に揺られて行く。すでにドイツ国境は近いから、ミュンヘンのほうが便利なのではないかと思いつつゼーフェルトに至った。このごろは締切の合間を縫った思いつきの旅ばかりで、どうも計画が甘いようである。

私はドイツ語をまったく解さない。五十を過ぎれば、今さら学ぼうという気も起こらぬので、さらに不自由である。このときも「Seefeld」というホームの駅名を眺めながら、「シーフェルド。いいところだな」と呟いたとたんハタと思いついて列車から飛び降りた。

クロスターブロイは中世の修道院を改装したクラシックホテルである。建物の歴史を大切にしながら近代的な設備も十分で、世襲オーナーの経営努力にはまことに頭が下がった。

たとえば、その昔修道僧たちが裳裾《もすそ》を曳《ひ》いてしめやかに行きかったであろう大廊下は、そっくりそのまま保存されているのに、彼らの起居した部屋はオーディオ装置まで整ったゲストルームにリニューアルされている。アルプスを一望にするテラスはもちろん、冬期でも使える室内温水プールまで完備していた。しかし雰囲気は中世そのままなのである。

幸い山々の雪は解け、花の季節にはまだ少し早かったので、宿はすいていた。むろん日本人観光客の姿はどこにもない。およそ地球上で考えうる限り最高の読書環境である。まず読み始めたものは、江戸期の庶民生活に関する専門書で、海外ではこういう全然関係のない本を読むのが乙《おつ》である。環境と無縁であるほどすんなりと頭に入り、想像力も喚起される。

ううむ。それにしても日本の風呂文化というのはすばらしい。わが国が世界に誇る、トイレとバスである。江戸中期には人口百万に対して六百軒の銭湯があったというから、江戸という町はお風呂天国であったのだろう。時勢の赴くところ伝統ある町なかの銭湯は消えたが、風呂好きの国民性は納得できぬとみえて、近ごろではお台場の埋立地や後楽園にまで巨大クアハウスが出現した。原文化は否定できぬのである。

意外なことに、江戸にはもともと蒸気浴の「風呂屋」と、湯につかる「湯屋」がべつべつに存在したらしい。つまり「風呂」は元来、サウナの意味なのである。やがて石榴《ざくろ》口《ぐち》なる湯気を逃がさぬ小さな出入口が開発され、湯につかりながらスチームで汗を流すという形式が定まって両者は合一した。

混浴が禁じられたのは寛政三年（一七九一）というからあんがい古い。温泉地の混浴は今も残っているところをみると、この法令は江戸市中の銭湯に限ったのであろう。私は鄙《ひな》びた温泉場をめぐるのが好きだが、どうも混浴の風呂というのは恥ずかしくて入れない。

さて、こういう本を読んでいたら、ふとホテル自慢のスパがあったことを思い出し、バスローブを着ていそいそと階下に降りた。

なるほど小粋《こいき》な浴場である。日本式の熱い湯船こそないけれど、温水ジャグジーにドライとミストのサウナルームがあり、これは日本人観光客にとっては有難い。

風呂好きのうえに稀代《きたい》のサウニストを自負する私は、とりあえずドライサウナに入って一汗かくことにした。サウナは時差ボケにも速効がある。

贅沢なことに、シーズンオフのせいかスパは貸切同然であった。しこたま汗を流し、アルプスの雪解け水をかぶり、再びサウナルームに入って雛壇《ひなだん》に寝転んだ。まさにこの世の極楽である。

と、まったく突然にドアが開き、素ッ裸の金髪女性が入ってきたではないか。驚いてはね起きるどころか、私は寝転んだまま硬直した。とっさに、とんでもないことをしてしまったと考えた。ドイツ語が読めぬせいで、女性用のスパに入ってしまったのであろう。変質者と思われぬためには言いわけをしなければならぬのだが、狼狽《ろうばい》した頭の中には「アイ・アム・ソーリー」しか思いうかばない。

しかしふしぎなことに、女性は私の存在などまったく意に介さず、一糸まとわぬ姿で汗をかき始めた。東洋人の男を男だと思っていないのかとも考えた。それはそれで悔しいが、もしかしたら私は何かの理由ですでに死んでおり、目に見えぬ魂だけがゼーフェルトまで来たのではないか、などと考えて怖くなった。

ジタバタするのもかえってみっともないので、しばらく思考停止のままジッとしていると、やがてさらに私を混乱させることが起こった。亭主が入ってきたのである。いかにもゲルマンの叡智《えいち》を感じさせる、金髪長身のマッチョであった。

これはタダでは済まんだろうと思った。いや、だがしかしよく考えてみれば、どうして夫婦が一緒にスパに入るのだ。亭主が入っていいのなら、私だって家庭は顧《かえり》みないけれど亭主のはしっくれである。

考えられる結論はただひとつ、信じ難いことではあるが、このスパは混浴なのである。ほかに考えようはなかった。そうこうしているうちに、何人もの男女がゾロゾロと入ってきた。もはや私の仮説に疑いようはなかった。

日本の混浴風呂も恥ずかしいが、チロルの混浴スパもやっぱり恥ずかしい。最初に入ってきたマッチョの亭主は案外いいやつで、汗をかきかき英語で話しかけてきた。例によってチャイニーズかと訊かれたので、ジャパニーズだと答えると、親しげに握手を求めてくる。夫婦はハンブルクから来たという。まさか同盟の記憶ではなかろうが、ドイツ人は実に親日的である。

銀行員であるという彼は、わかりやすい英語で私の疑問に答えてくれた。ドイツとオーストリアはこれが当たり前なのだそうだ。ヴィースバーデンやバーデンバーデンの温泉保養地でも、浴場はみな混浴なのだという。

それは知らなかった。アメリカでもフランスでも、この習慣はなかろう。思慮深いドイツ人のことであるから、きっとそれなりの混浴の思想があるにちがいないと訊ねてみたのだが、「昔からそういうもの」というのが彼の答えであった。

東京のまんまん中に今さら巨大クアハウスが登場するのと同じ理屈で、つまり庶民の生活文化に思想などは不要なのである。

ピラミッドの思いこみ

近ごろの学説によると、エジプトの巨大ピラミッドは王墓ではないらしい。

今さらそんなことを言われても、誰だって子供のころから「ピラミッドはファラオの墓」と教えられてきたのだし、百科事典の記載もいまだその通りなのだから、甚だとまどう。

正しくは「王墓ではない」とする明確な証拠があるわけではなく、「王墓である」とするには矛盾点が多いのである。つまりわれわれは、紀元前五世紀にギリシャのヘロドトスが、『歴史』の著述でそう断定して以来、「ピラミッドはファラオの墓」と思いこみ続けてきたことになる。

いちおうヘロドトスの名誉のために言っておくが、もし私がヘロドトスであったとしても、あの巨大なクフ王のピラミッドをひとめ見れば、疑いようもなくファラオの墓だと直感するであろう。多少頭を働かせたところで、ほかの存在理由は思いつかぬから、やはり墓だと信ずる。ましてや日本には、同じくらい巨大な古代天皇陵があるので連想はたやすい。

では、ピラミッドが墓ではないとすると、いったいなんの目的で造られたのか。この点の有力なる最新学説には二度驚かされる。

公共事業だそうである。つまりナイル川の氾濫期に畑を失ってしまう農民を集めて、ひたすらピラミッド建設に従事させ、食料を給与するという失業者対策事業であったというのだ。目的はピラミッドの完成ではなく、雇用促進にあったという。

あまりに今日的な解釈という気がしないでもないが、よく考えてみればこの五千年に人類が進歩したと思われる点は、ひとえに科学的な分野においてのみであって、芸術やら思想やら社会制度は、進歩というより変遷といったほうが正しかろう。明らかに退行していると思われる面も少なくはない。だとするとクフ王が失業者対策に悩んだあげく、「なんでもいいからデカいものを造れ。ともかく雇用だ」と、命じたとしても、ふしぎではないような気がする。施しが美徳とされるのは、ずっと後世になって宗教的な裏付けがなされてからのことであろう。プリミティヴな王権社会では、「働かざる者食うべからず」という理念があったはずである。

もしこれらの最新学説が正しいとすると、ファラオはましてや偉大である。彼らの公共事業は雇用促進の目的を達成したばかりでなく、それから五千年の長きにわたってエジプトのシンボルであり続け、いまだに年間二百数十万人の観光客の招致と膨大な外貨獲得に寄与している。

そう考えれば、もしかしたらわが国の天皇陵も中国の万里の長城も、失業者対策という目的を持っていたのかもしれない。

今日の政治がまさか古代エジプトより劣っているとは思えぬが、人類が徐々に目的達成のダイナミズムを失ったことはたしかであろう。後世の人々はみな、古代ギリシャ人でさえもファラオのダイナミズムに思い及ばず、「ピラミッドはファラオの墓」としか考えつかなかったのではなかろうか。ヘロドトス以来の思いこみは、言をかえれば「人類社会は進歩している」という思いこみである。

さて、そうこう理屈を捏《こ》ねながらクフ王のピラミッドを後にすると、いまだにファラオの恩恵に与《あずか》っているみやげ物売りたちが、カタコトの日本語で私を呼び止めた。彼らの商売熱心さは、さすがに世界最古の観光大国を感じさせる。

「コンニーチワ」「イラシャイマセ」「ゴキゲンイカガ」と、知る限りの単語を並べて私の気をひこうとする。

「ヤマモトヤーマ」

なんだ、それ。

「ヤマモトヤーマ。コンニーチワ」

だから、なんだよそのヤマモトヤマは。

「ヤマモトヤーマ。ヤマモトヤーマ」

わからん。なぜかカイロの物売りはみな、日本人と見れば「ヤマモトヤーマ」と口にするのである。

一瞬私がヘロドトスのごとく直感したのは、日本食ブームの折から『山本山』がひそかに世界進出を果たし、ここエジプトでも海苔《のり》やお茶をしこたま売っているのではないかということであった。もしヘロドトスが私であっても、たぶんそう考えたと思う。

しかしこの学説は、五千年どころか五秒ぐらいしか持たなかった。私の交際範囲においては、多くの外国人が日本茶を青臭いと非難し、海苔は黒くて薄気味悪く、紙のようだと言って嫌うのである。証拠物件は、あろうことか焼海苔を内巻きにしたカリフォルニア巻きである。さなるカルチャーギャップを乗り越えて、山本山が世界進出を果たしたとは考えづらかった。

「ヤマモトヤーマ。イラシャイマセ」

山本山の連呼はみやげ物屋のある限り続く。

次に私が考えついた説は、国内不況の折から独り勝ちの業界大手山本山が、社員こぞってエジプト旅行をしたのではないか、という仮定であった。もしそれがカイロでも稀《まれ》に見るほどの大名旅行であったとしたら、すっかり味をしめたみやげ物屋が、その後の日本人観光客の中に、「ヤマモトヤーマ」を探しているのではなかろうか。

この学説も五秒で潰《つい》えた。私の知る限りにおいては、外国旅行でお買物爆発をするのはなんといっても大手出版社の女性編集者である。だとすると「ヤマモトヤーマ」の呼び声に混じって、「コーダンシャー」「シューエイシャー」「ショーガッカーン」等の呼び声が、ひとつくらい聞こえてもよかろう。

「ヤマモトヤーマ」の声はピラミッドの周辺ばかりではなく、市場《スーク》の中でもあちこちから私を呼び止めた。

私は滞在中ずっと、ピラミッドの新学説にもまして、この「ヤマモトヤーマ」の謎について考えこまねばならなかった。

なおわからんことには、ホテルのフロントマンは「ウェルカム・ヤマモトヤーマ」とはけっして言わない。タクシードライバーやカジノのディーラーも、「サンキュー・ヤマモトヤーマ」とは言わないのである。その他みやげ物屋以外のあらゆる条件下において、その単語が存在しないということは、特定の意味に誤解されているわけではないらしい。

つまるところ「ヤマモトヤーマ」は、それを口にすれば日本人観光客がみな喜んでくれる歓迎と祝福の言葉だと、彼らは思いこんでいるのであろう。

思いこみとは面白いものである。誰かひとりがそうと信じたところから、壮大な思いこみが始まり、ピラミッドはいつしかファラオの墓となった。われわれがそうと信じて疑わぬものの中にも、思いこみはまだいくらでもあるにちがいない。

ちなみに、山本山の海苔とお茶は江戸ッ子三代にわたるわが家の愛用品である。商号を無断使用したお詫びのつもりで付記しておく。

一家団欒

南アフリカの先住民たちは、ヨーロッパからやってきた白人たちを「四角い家に住む人」と呼んだそうである。

諸部族の生活様式を保存公開している文化村に行ってみると、デザインや着彩はそれぞれちがうが、なるほどどの部族の家も形は正円形である。サバンナ地帯には柱になるような巨木が少ないから、石と土と雑木とで家を造ろうとすると、自然こうした円形になるのであろうと私は考えた。彼らの目から見れば、四隅に柱を建てた四角い家は、さだめし奇怪であったろう。

このところ私の気ままな旅はアフリカ大陸を指向している。もともと暑さが苦手なので、体力のあるうちに暑いところを回っておこうと考えているのである。で、南アフリカの次には、北のモロッコとチュニジアを旅した。

チュニジアの地中海沿岸からサハラへと向かう途中に、先住民族であるベルベル人の集落があった。『スター・ウォーズ』のロケ地にもなった、あの赤茶けた岩山ばかりの土地である。なんでもベルベル人は、十二世紀から十三世紀にかけて侵攻してきたアラビアンに追われて、この山岳地帯に逃げこんだらしい。

何しろ大サハラの衝立《ついたて》のような岩山であるから草木もほとんどなく、平らかな場所もない。彼らはそこに横穴と竪穴を掘り、今も穴居生活を続けているのである。

この住居というのが、実によくできている。まず岩山の斜面に横穴を掘削し、これが玄関と廊下である。その先には円形に巨大な竪穴を掘った露天の中庭がある。居室は中庭をぐるりと囲むような横穴になっている。つまり家を建てるのではなく、石灰岩の岩山を縦横に掘って、明るく風通しのよい住居を穿ち出しているのであった。

この家はすべてが円い。円い玄関に円い廊下に円い個室。そして中央には円形の中庭がある。

住人の説明によると、夏は涼しく冬は暖かいらしい。むろん、外敵から身を隠して住むという、本来の目的にも適《かな》っている。中庭の竪穴を深く掘って、二階建てとなっている家も多いそうだ。

ミントティーをごちそうになりながら、私はしばらくの間その中庭に座って、円い空を見上げていた。

ふと、人間の住む家の基本は、円形なのではなかろうかと思った。山国の日本は建築資材は豊富なのに、稲作が普及して定住生活を始めてからも、人々は竪穴式の円い家に住み続けていた。

そもそも四角い家という発想は、家族がプライバシィを望んだ結果なのではなかろうか。つまり円い家に隔壁は造れないから、その壁に沿って家が四角くなったのではないのか。

さてそう思うと、事は重大である。

プライバシィの要求、隔壁の出現、四角い家、という住居の進化過程は、裏を返せば家族意識の退行を意味しているのではあるまいか。もしアフリカの先住民たちがそう考えているのなら、「四角い家に住む人」は進歩した人々ではなく、退行した哀れな人々ということになる。

われわれが進化と信ずる住環境は、ついに真四角の住居を三次元的に組み立てた集合体となり、その内部もまた強固な壁で隔絶された小部屋となってしまった。

ご近所とも家族とも没交渉、これが「四角い家に住む人」の理想なのである。

私は建築史のことなど何も知らないが、小説家らしく理屈を捏ねると、「一家団欒《だんらん》」の「欒」の字は梅檀《せんだん》の漢名である。広義にはザボンや白檀の木もこの文字に含まれる。いずれにせよ花が咲き、実がなり、香りもよい木で、中国では四合院《しごういん》の中庭に好んでこの木を植えた。

四合院という中国の伝統建築は、「四角い家」ではあるが、家族の円居《まどい》の場である中庭を持つのが特徴である。すなわち「団欒」とは、四合院のそれぞれの棟に住む家族が、中庭の栴檀の木の下に集まって、和やかなひとときを過ごすことを指しているのであろう。ちなみに、四合院よりさらに古い客家《ハッカ》の住居は中庭をめぐる正円形である。

家族の希望と都市生活の必然によって、家が円形から方形に変わらざるをえなくなっても、聡明《そうめい》な中国人はごく近年まで、家族の円居の場を残したとも考えられる。

しかしわが国の住宅事情には、中庭などという贅沢は許されない。かくて昔は「お茶の間」、今は「リビングルーム」という家族の共有空間が円居の場所となった。

ベルベル人の家では、竪穴の中庭に家族が寝転んで、円い夜空の星を読んだり、祖父母の昔語りに耳を傾けるのが夜ごとの習いだったのであろう。まさに理想の団欒である。思想も教養も道徳も、完全に正確に子孫へと享《う》け継がれたはずである。家族の絆《きずな》というものは、愛情や信頼だけではなく、こうした長い円居のときによって形成されるものであろう。

それにしても、この中庭の進化形態であるはずのリビングルームは、今やその求心力を失ってしまった。私が子供のころには、家族をそこに集束させるだけの力を持った、テレビジョンなる神器があったのだが、この神様は次第に権威を失ってしまって、今や家族各自の部屋に置かれているのみならず、その密室の中においてさえ、パソコンや携帯電話にその神性を奪われてしまった。

かくしてリビングルームは伝統ある円居の場としての存在理由を失い、そのかわり見知らぬ疑似家族が夜な夜な集う、インターネット上の円居の場所が出現した。およそこうしたところが、「四角い家に住む人」の現状である。思想も教養も道徳も、親から子に引き継がれるものは何もなくなり、そればかりか愛情も信頼も怪しくなった。昨今の奇怪な事件の多くが、この円居のひとときの喪失によって説明がついてしまうのだから、やはりこれは進化ではなく、退行と考えるべきであろう。

このごろ人の親として考えるのだが、子供を育てるにあたって、改まった教育などはさほど必要ないのではなかろうか。それよりも大切なことは、いかに長い時間を子供とともに過ごすかであろう。幸いなことに私は、長い間竪穴式住居のごとき家に住まい、常に子供のかたわらで売れもせぬ小説を書いていた。家にはリビングも書斎もなく、すべてが円居の中庭といえばその通りであった。おかげで子供は、ベルベル人のごとく大らかに育った。

彼らはわれわれの住む四角い家に、今も首をかしげているにちがいない。われわれが文明と信じている生活の中には、実は多くの知的退行が潜んでいる。

魔の五百ユーロ札

一人娘が無事に大学を卒業したので、大奮発の南仏旅行をプレゼントした。かといってラなどと言えば世間体もいいが、このところカジノの禁断症状甚だしく、モナコという名案を思いついたのでスベガスでは目論見があからさまであろうと考え、モナコという名案を思いついたのである。他人に行先を訊ねられても、「モンテカルロ」とは答えずに「モナコ」と言い、要すれば「南仏」とか「コート・ダジュール」とか答えれば、暗い目的は誰にも悟られない。

受験浪人をしたうえに医学部は六年間なので、娘はすでに妙齢である。五十おやじとこの齢《とし》ごろの女性が外国旅行などに出かければ、胡散《うさん》臭い視線を浴びせられがちであるが、幸い娘は私と同じ顔をしているのでその懸念はない。医者付きの旅というのも、ハードワーカーかつハードプレイヤーの私にしてみれば、たいそう安心である。つまり旅立ちに際してそうしたてめえ勝手のことしか考えぬ私は、ただのろくでなしであった。

むろん私は、モナコのホテルに到着するや荷ほどきも娘に任せて、ただちに失踪《しっそう》した。

すでに私の目的は達成されたのである。アンティーブのピカソのアトリエとか、マティスの建てた教会とか、地中海を見おろすエズの村とか、父の目的に適わぬそうした名所は、勝手に行けばよろしい。

ところで、このごろヨーロッパのカジノめぐりをしてしみじみ思うのだが、ユーロ統合はまことに有難い。おそらく統合通貨の恩恵を最も蒙ったのは、ギャンブラーではなかろうか。

かつて一般の旅行者は、通貨の両替をむしろ楽しんだものだが、ギャンブラーにとってそれは大きなハンディキャップであった。つまり通貨が変わるたびに金銭感覚が混乱するので、勝ち負けの程度がわからなかったのである。たとえばモンテカルロから足を延ばしてサンレモのカジノに行くと、当然フランからリラに変わるので頭の中がグシャグシャになった。その逆コースであると、とんでもないハイローラーになってしまった。

その点ちかごろではユーロの価値が私の中で確立したので、河岸《かし》を変えてもきちんとゲームができるのである。

ただし、ユーロ紙幣はたしかに便利だが、難点がないわけではない。色鮮やかなうえに肖像画がなく、紙質もペラペラである。ほかの国の人はどうか知らんが、世界一の貫《かん》禄《ろく》を誇る日本銀行券を使用している私たちは、あのペラペラの百ユーロ紙幣が、わが一万円札より遥かに値打のあるものだとはどうしても思えない。

ましてや最大単位の五百ユーロ札は、邦貨に換算すれば「七万円札」である。いまだにカジノでチップを買うとき、一万円札だと相当の覚悟を要するのに、なぜか五百ユーロ札に未練がないのは、ひとえに値打に不相応な、その貫禄不足のせいであろう。ために私はしばしば、五百ユーロ札の偉大な値打を信じぬまま大敗を喫する。


かくて私は、泣き寝入りをする娘のかたわらに戻り、むろん娘の涙の理由など全然斟《しん》酌《しゃく》せずに、「魔の五百ユーロ札」について深く考察した。こいつの貫禄不足のせいで、私はモナコの初日から散財してしまったのである。

色でもサイズでも紙質でもなく、やはり肖像の有無であろうと思った。

たしかに諸国統合の通貨である限り、肖像画の選定は難しい。仮に五ユーロから五百ユーロまでの七種に、各国の偉人を配分したところでいよいよ不公平になる。むろんヨーロッパ共通の偉人などはいない。

肖像画のない紙幣などというものは、そもそも近代史上にほとんど存在しなかったのである。だからユーロ紙幣については「お金ではない何ものか」という認識が拭いきれず、結果的に散財してしまうのであろうと私は思った。

わが日本銀行券は格別の貫禄であるから比較外であるとしても、たとえばドル紙幣と較《くら》べたとき、着彩や紙質においてユーロが劣っているわけではない。いや、どう考えても米ドル紙幣は低コストであろう。しかし立派な肖像画は描かれている。

そうと気付いた私は、やはりシーザーでもナポレオンでも、ベートーヴェンでもピカソでもいいから、せめて五百ユーロ札には肖像画を入れてほしいと、切に希《ねが》った。


話は変わるが、新たに流通し始めたわが日本銀行券はさすがの出来映えである。

ただし難を言えば、景気低迷の折からもっと明るいイメージの人物を、肖像画に採用してほしかったと思う。たしかに樋口一葉も野口英世も偉大な先人であるが、なんとなく不景気風に寄り添うてしまうのである。福沢諭吉の留任はまあいいとして、もし仮に「苦難を耐え忍べ」という暗意をこめて、これを石川啄木に変え、啄木、一葉、英世のトリオを揃えてしまったら、当分の間は景気上昇も夢であったろう。縁起かつぎではなく、何しろ全国民が毎日拝む顔なのであるから、かなりの影響力が働くと思うのである。

ではいっそ、外圧など物ともせずに、西郷隆盛、東郷平八郎、坂本龍馬というトリオはどうであろう。とりあえず民意は昂揚《こうよう》しそうである。

国家意識を復活せしめるためには、チョンマゲの肖像画もほしい。信長、秀吉はまずかろうが、家康は対外的な問題もなく、イメージもよろしい。個人的趣味では近藤勇の千円札を熱望するが、たぶんボツであろう。

さる経済通の内緒話によると、紙幣の肖像画は多少イヤな感じのする人物のほうが、手離れがよくなり消費活動に寄与するらしい。ただしこの話は冗談と思いたい。

しかし言われてみれば、私は樋口一葉の五千円札が手に入ると、財布に温める間もなくすぐに使っている。


ついに五百ユーロが七万円であるという事実を認識できぬまま、モナコでの一週間は過ぎた。

ことにおいて後悔せぬのは大人の心得であるが、私の場合はことにおいて反省せぬのである。ために、「こんなことだったら娘と一緒にピカソやマティスを見物すればよかった」などとはてんで考えず、父に対する娘の不信感もいっそう増した。思えば毎日ひとりぼっちの名所見物をし、夜ごとグラン・カジノまでドクターストップを宣言しにやってくる娘は哀れであった。

進学時に私が娘に対して課した条件は、「俺がかかりそうな病気を専攻せよ」である。

私の父母はともに肝臓病で世を去り、兄はクモ膜下出血を患ったので、はっきりとは言わぬがそのあたりを期待した。

ちなみに孝行娘の専攻は「精神科」である。

作家の筆無精

「医者の不養生」という言葉がある。ほかにも「坊主の不信心」やら「儒者の不身持」やら、この種の類語を並べればきりがない。要するに職業などというものは、本性の仮着に如《し》かぬということであろう。

その伝で言うなら、私は「作家の筆無精」である。手紙なるものはせいぜい年に一通、よほどの義理がらみか、生き死ににかかわるほどの必要性に迫られたときのほかに、まず書くことはない。年賀状や暑中見舞なども、ほとんど人まかせである。

むろん原稿を書くことについてはマメであるから、私が自筆で書いた手紙や葉書は、おそらく肉筆原稿よりも稀少《きしょう》であろう。

字を書くのが嫌いなわけではない。むしろ大好きだから、いまだにすべての原稿は手書きである。なぜだ、と問われても困る。しいて分別をするなら、原稿用紙の桝目《ますめ》に字を書くのは大好きで、それ以外は大嫌いとでもいうほかはない。それ以上の合理的な説明はしようにもできぬのである。

子供のころから、ノートをとるということができなかった。学問が嫌いなわけではないから、授業は面白く聴いたのだが、なぜかほかの生徒らのようにノートをとることができなかった。で、ノートを提出せよなどと言われたときには、大あわてで友人から借り受け、徹夜で丸写しをしたものであった。

「君はまじめに授業を聴いているわりには、テストの成績が悪い。バカか」

と、教師たちは口を揃えて言った。バカではないと思う。しかし、ノートのかわりに原稿用紙を用いるという妙案に、ついぞ気付かなかった私はバカであった。

四百字詰の桝目がなければ字が書けぬという、この悪《あ》しきならわしはいったいいつ始まったかというと、小説家という未来の職業を意識し始めたころからであろうと思う。ともかく小説という嘘話が好きで、気に入った物語にめぐりあうと読むばかりでは飽き足らず、原稿用紙にセッセと書き写してはひとり悦に入っていた。ときには古今の名作を、途中から改竄《かいざん》したりもした。たとえば『伊豆の踊子』のラストシーンがてんで納得できぬので、船が出てしまったあと、踊子と主人公が桟橋で抱き合い、熱いくちづけをかわすなどというふうに書き改めた。家に帰ってランドセルを放り出したとたん、遊びに出るでも宿題をするでもなく、そんなことばかりしていた。

かくて私は、字を書くという行為に偏執的な定義をしてしまったらしい。以来、桝目のない紙や、単純な罫線《けいせん》だけを引いたノートに文字を記すことに、徒労と猥褻《わいせつ》さを感ずるようになった。

さて、おそまきながら作家になって、この悪癖の弊害に直面した。

小説という創造行為の第一次作業はメモである。発想は思いついたそのつどメモにとらなければならぬのだが、手紙や日記や授業のノート同様に、このメモというものも私にはできない。したがって神様からいただいたアイデアも、思いつくそばからどこかに消えてしまう。書き留めておこうとは思うのだけれど、そもそも手帳なりメモ帳なりを持ち歩く習慣がないので、哀れせっかくのアイデアは、タクシーのレシートとかティッシュとかナフキンとともに、あらかたは失われてしまうのである。

そこで私の考えた方法は、「書こうとせずにしゃべる」ことであった。とりあえず思いついたアイデアは、家人なり秘書なり編集者なりに、しゃべっておくのである。熟練の編集者ともなると、私の悪癖を聞くまでもなく知っているので、きちんとメモをとる。さらにベテランになると、ひそかにテープを回している。

ただしまずいことに、アイデアは誰彼かまわず垂れ流すので、「浅田さんはわが社がもらうはずの原稿を他社に回した」という譏《そし》りをしばしば受ける。まあ、それはそれで一理はあるけれど、私の不自由な性癖を汲《く》んで、も少し大らかに考えていただきたいといつも思う。

不自由といえば、多くの資料を必要とする歴史小説の場合などは、ことさら不自由である。まさかこればかりは他人の手を借りるわけにはいかない。小説に応用する部分を抜き書きして創作ノートを作るなど、想像だにできぬ。マーカーをして符箋を付けておくのがせいぜいである。したがって歴史物を書いているときの書斎の惨状といったら、土嚢《どのう》を堆《うずたか》く積み上げた最前線のタコツボのようで、その土嚢をいちいち覆していると、今さら自分の不得要領に腹が立つ。

ちなみに、私は講演の壇上に上るときには、必ずメモ帳らしきものを持っているのだが、実は白紙の手帳である。何の用意もなく勝手なことをしゃべっていると思われるのもいやなので、いかにも勉強をしてきたかのように、ダミーのメモを持つことにしている。

しかし、かくも徹底的な筆無精にも利点がないわけではないと、このごろ思うようになった。

たとえば講演をするときなど、綿密なメモがあればさぞかし楽であろうが、話の内容はそのメモによって制約されるにちがいない。日ごろ考えている自由闊達《かったつ》な表現は、十分にできぬだろうと思う。また小説の執筆にあたっても、その点は同様であろう。何も小説家ばかりではなく、メモをとることによってむしろ本来の能力を自制してしまっているようなところが、どの職業の誰にもあるのではなかろうか。

文字の力というものは怖ろしい。文字という実体に表したとたん、思想は文字通りに完結し、思想に基づいた行動もまた完結するのである。

ところで、このごろ旅先で気になってならぬ風景がある。

勤勉なる日本人観光客は、たとえばルーヴルをめぐりながら、一様にガイドの説明をメモし、写真を撮り、ビデオカメラを回し続けている。むろん悪いことではないが、少なくとも記録に残すことが旅の目的ではあるまい。

美術品の日本語版解説も映像も、出口のミュージアムショップで売っている。ならばその機会にするべきことは、ガイドの解説は心のメモ帳に書き留め、美しき形を心のスクリーンにとどめおくことではなかろうか。

取材の旅に出たとき、私はメモの一行も書かず、写真の一枚も撮らない。ひたすら漫然と、行き過ぎる風物に浸る。のちに筆をおろすとき物を言うのは、おのが目で見、耳が聴き、心に感じた印象のほかにはありえぬからである。

私たちがその国民的な勤勉さゆえに失ったもの、手に入れることのできなかったものはさぞ多かろう。そう思えば、わが不得要領も筆無精も、まんざらではないという気がする。

初めに言葉ありき

いっけん器用そうに見えて、実はたいそう不器用である。あるいは手先はたいそう器用なのだが、性格が不器用である。顧みれば私の人生はすべてこれで説明がついてしまう。

ひとつの方法を学習してしまうと、それに代わる合理的な新手法をてんで受け付けず、つまりわかりやすくいうなら今もこうして四百字詰の原稿用紙に、万年筆で字を書いている。生活が万事これである。

小学生のころ、図書室で借りた本をその日のうちに読みおえて翌日に返却するというパターンを覚えてしまい、以来今日まで一日一冊という読書が私の生活になっている。このパターンが崩れたのは陸上自衛隊に在籍した二年間だけであろう。それにしたところで、戦闘服のポケットにはいつも文庫本を隠し持っていた。

なんだか自慢話のようであるが、要はいわゆる活字中毒患者の典型である。健康な人は、一日一冊の読書など不可能だと思うであろうけれど、そうした生活の形を定めてしまうと存外むずかしいことではない。一日四時間で十分なのである。

私は速読家ではなく、むしろ活字をたどるのは遅い。ぶつぶつと声に出して音読する程度の速度なのだが、それでも原稿用紙に換算すると一時間に百枚にもなるわけで、私は自分が書き上げた原稿を必ず音読するから、この計算にまちがいはないと思う。

ごく一般的な三百ページ程度の小説には約四百枚の原稿が入っており、新書ならばさらに少ない三百枚ほどであるから、三時間か四時間を費やせば一日一冊は可能ということになる。つまりこうした物理的に十分可能な習慣を、人生の有為転変や社会の要請など一切おかまいなしに続けていると、いっけん器用そうだが実はたいそう不器用な人間ができ上がってしまうらしい。ちっとも自慢などではなく、はたして損か得かというのがこのごろの実感である。

ところで、テレビもパソコンも携帯電話もなく、長距離通勤もしなかった昔の人は、あんがいこのペースで読書をしていたのではなかろうか。教養を得るためなどという不純な目的に拠《よ》らず、本でも読むほかには時間の潰しようがなかったろうと思う。すなわち「娯楽」と「教養の獲得」が理屈抜きに一致するという、文化社会の理想形である。さほど昔の話ではあるまい。少なくとも私たちの世代の学生下宿の生活はそれであった。

だとすると、学問も教養も娯楽も個別に修得せねばならぬ現代の若者は不幸である。いくら時間があっても足らぬほどの環境があり、そのうえ四時間の読書をせよというのは無理な話である。まったく文明社会というものは、幸福なのか不幸なのか、豊かなのか貧しいのかわからぬ。

しかし、そうした忙しい環境が科学の急進的な進歩によるものだと気付けば、ことは穏やかではない。科学に技術的退行はなく、むしろ技術の累積によって加速度的な進歩をするから、その結果としての生活様態はいよいよ活字文化を圧迫する。きわまるところいずれは、サルが大量殺戮《さつりく》兵器を保有することになるのではなかろうか。

思うに、サルがヒトになりえた素因は二つあって、ひとつは火の支配、もうひとつは言葉の所有であろう。前者は科学の、後者は芸術の始原である。人類は長いことこの二つを車輪として、なんとかまっすぐに進化の道をたどってきた。その絶妙のバランスが、いまや人類の車が覆るほど殆《あや》うくなっているのではなかろうか。

科学に圧迫されたいわゆる活字ばなれは、科学の安全を保障する知性の退行を招く。そしてやがてサルとなり、火の本質を忘れてしまえばわれわれはこの瞬間にも絶滅するのであるから、社会現象として看過するほど簡単な話ではあるまい。読書という行為はかくいう理由により、全地球を担保するほど大切な習慣であろうと私は思う。

などと考えつつあるときふと、旅客機の中がそうした社会の雛型《ひながた》であることに気付いた。

機内サービスは科学の成果そのものであって、昔は本でも読むほかには時間の潰しようがなかったのだが、今では自在に音楽を聴いたり映画を観たりゲームに興じたりと、フライト中に退屈することがない。

むろんこうしたサービスは有難いのだが、われわれは提供されるすばらしい環境の中で、いかにして有意義に時を過ごすかという選択を迫られる。

おいしい機内食をいただきながら映画を観て、テレビゲームに飽いたら美しい音楽を聴きながらまどろめば、どんな長距離も極楽である。しかし実は、旅客機の中ばかりではなくわれわれの住まう社会全体がそうした環境を整えているのである。かくして科学の成果に身を委《ゆだ》ねたわれわれの人生は、安逸に、平穏に、知的退行などということすら考えるいとまもないほど幸福に過ぎてゆく。

ちなみに私は、機中での読書が大好きである。むろん映画や音楽も娯《たの》しむけれども、闇に灯《とも》る読書灯の下で、お気に入りの小説を読む快楽は何ものにも代えがたい。幼いころ押入れにこもり、懐中電灯の光で本を読んだあの感覚とそっくりである。いや、おふくろはまさか押入れの中に、お茶や食事を運んではくれなかった。

読書のうちでも、ことに小説がいい。小説は異界の出来事であるから、日常と隔絶した機内で読むと、みごとに嵌《はま》るのである。長距離便なら一冊まるごと読みおえた後でも、まだ映画を観たり眠ったりする時間は十分にある。活字中毒患者としては、これにまさる環境はない。

さて、例年春先から初夏にかけては文学賞の選考会が集中しており、三つの賞の選考委員を兼ねているので、つごう二十冊程度の長篇《ちょうへん》を読まねばならない。私はかつて、新人賞に三十回くらい落選した経験があるので、この仕事には気合が入る。一行もおろそかにしてはならぬと思う。三十回も落ちたのは何かのまちがいだったと、今でも信じているからである。

そこで、海外取材や講演旅行などを、なるべくこのシーズンに合わせる。うまくスケジュールが嚙《か》み合わぬときには、ひそかにそのための旅を仕立てる。往復の機内で二冊、残りを日本語の聞こえぬ外国で読みおえれば、一回分の候補作はまず一行も読み落とさぬ。

復路の機内で最後の一冊を読みおえたときの気分は格別である。読書三昧《ざんまい》の果ての偶然とはいえ、サルをヒトに変えた言葉の尊厳を、またひとつ護《まも》ったと感ずる。

ヨハネによる福音書の冒頭に曰《いわ》く。

「初めに言《ことば》ありき。言は神とともにありき。そも言は神なるがゆえ」

人は言葉を失えば、殺し合うほかはない。

ベガスの効用

先日、久しぶりにラスベガスに行った。久しぶりといっても、一年ぶりである。要するに一年の間を久しぶりと感ずるぐらい、私はベガスに足繁《あししげ》く通い続けているのである。

いちおう、義務として年に一回、権利として年に二回、事情により三回、できうれば四回、叶《かな》うことなら五回、というところを個人的な目安にしている。つまり、一年ぶりということは、その間におのれの目安のうちの最低義務しか果たせなかったわけで、これはたとえば、選挙の投票には行かなかったけれども納税はしたとか、子供と遊ぶヒマはないが学費は渡したとか、小説を書く約束をしておきながらエッセイでお茶を濁したとかいうことと同じであろう。反省しきりである。

かくも間があいてしまった理由は何かというと、昨年から某社の企画にかかる「世界カジノツアー」なる壮大なバクチ旅行がスタートしてしまい、ために年三回つごう一カ月半の新たな義務が生じたからである。まさかそのうえラスベガスとは、家族にも編集者たちにも言えぬ。

今回の旅にしたところで、実はその企画の一環なのである。ベガスのホテル王スティーヴ・ウィン氏との誌上対談を企画に折りこむこととなり、双方のスケジュールを検討した結果、急なラスベガス行きとなった。むろん、対談やグラビア撮影で一週間も要するはずはないから、さっさと仕事をすませた後はいつに変わらぬ「私のベガス」であった。

私がラスベガスに通う目的は、一にかかって自己の喪失である。そもそも旅なるものの本質はそれなのだが、旅慣れぬ人はその本質を誤解してむしろ自己の確認をしようとし、ために旅を甚だつまらぬものにしてしまう。

ベガスにおける自己喪失感は、すこぶる顕著かつ覿面《てきめん》である。赫奕《かくやく》たるモハヴェ砂漠の太陽に身を晒《さら》したとたん、自己は一滴の水のごとく揮発し、陽《ひ》が落ちてブールヴァードの光の洪水に身を委ねれば、自己もしくは自己と信じていたもののすべてが、脱《ぬ》け殻《がら》のようにいずこへともなく流れ去る。かくて、たとえば浅田次郎という人物は消去され、おのれはアルファベットの一文字で表記されるような、あるいはそれにすら価しない任意のひとりになる。

すなわち、この奇妙な感覚が旅の本質であり、旅人の正しい姿なのである。

ところで、旅の哲学を語ったからには、わが身になぞらえて自説を証明する必要があろう。

以前にも書いたが、私はかつて旅先作家に憧れを抱いていた。心の赴くままぶらりと旅に出て、鄙《ひな》びた温泉宿やリゾート地のホテルで、甘い恋物語を書き綴《つづ》るのが夢であった。

ところが、いざ小説家という職業についてみると、そうしたロマンチックな現実は許されなかった。小説家には人並みの幸福に浸る、ころあいの売れ具合というものがないのである。つまり、生産性はまったく自分ひとりにかかっているので、不遇の時代には生活と格闘せねばならず、やがてその冬を一気に抜け出すと、たちまち膨大な仕事がのしかかって身動きもできぬようになる。

むろん中には羨《うらや》むべきマイペース作家もいるが、それは一種の才能であって、羨んだところで真似《まね》のできるものではない。

いくら忙しくなろうと、時間はなんとかなる。夜も眠らずに原稿を書いて、それでも物理的に到達不可能な目標などは、いかに無計画な作家でも受けるはずはないからである。これは経験上、たしかになんとかなる。

この際の問題は肉体ではなく、精神力である。たとえば五本の連載小説を抱えてしまうと、そこには五つの異なったテーマが存在し、数十人の人格と彼らが構成する五つの世界がある。

多くの読者を得心させるエンターテインメントに、日常の退屈な些事《さじ》を書き綴ることなど許されない。すなわち、書くべき物語は血湧き肉躍る五つの嘘である。

合理的に考えれば、似たような作品を並べるという手はある。しかしこれも一種の才能で、ひとつのジャンルを書きつないで恒久的な読者を維持するのは生易しい話ではない。

私の場合、いっけん器用そうに見えて実はたいそう不器用なので、この方法は考えも及ばない。つまり「似たもの同士の大ちがい」という器用なジャンル小説は、はなから書けないのである。そこで、少なくとも登場人物の人格が相互に侵食せぬだけの、まったく異なった小説を同時に書くことになる。

多少の宣伝を兼ねて具体的に述べると、かつて『蒼穹《そうきゆう》の昴《すばる》』と『プリズンホテル』は同時進行であり、『壬生《みぶ》義士伝』と『王妃の館』と『オー・マイ・ガアッ！』もまったく同時期の連載であった。もちろんそのうえに、毎月一篇か二篇の短篇小説が積み重ねられ、さらに連載エッセイが加わる。

こうなると、作家というよりむしろその精神状態は、昼の部と夜の部に悲喜劇の舞台をかけもちする役者に似ている。

家人に言わせれば、私が一仕事をおえて書斎から出てきたとき、どの原稿を書いていたのかが一目でわかるそうだ。見慣れた亭主の顔が、そのつど幕末の剣士になったりルイ太陽王になったり、科挙の進士になったりヤクザの親分になったりするのだから、さぞ面白かろう。

しかし、私はちっとも面白くない。まことに重篤な多重人格障害である。

幸い頑健な肉体が、精神を担保している今のうちはよいとしても、いずれ筋力の衰えとともに精神が肉体を宰領する年齢に至れば、自殺するか発狂するか犯罪をおかすか、それらすべてが嫌なら廃業もしくは僧籍に入るほかはなかろう、と思った。

ところがそのときふと、私の精神を支えている意外な事実に気付いた。月曜日の私は自己を恢復《かいふく》しているのである。つまりニュートラルな月曜をスタートラインとして、金曜までは八面六臂《はちめんろっぴ》の仕事をし、週末は朝から競馬場に行く。そこでいったん、五日分の多重人格とおさらばする。正しくは虚構の自我を喪失して、本来の自我を獲得するのである。

かくてこの手法の演繹《えんえき》により、私は週ごとの短期的自己喪失を競馬場で行い、それでも蓄積する長期的虚構は、ラスベガスの太陽の生《い》け贄《にえ》として捧《ささ》げることにした。

ここで冒頭に立ち返り、今いちど数行を読み直していただきたい。健康体を維持するための一回は義務だが、五回行けば万全という意味である。

ところで、この喪失と恢復の方法は小説家にのみ有効なものなのであろうか。周囲を見渡せば現代に生きる人々は誰しも、喪失せしめねばならぬ虚構の自我を持っている。

そしてしかるのちに本来の自己を恢復せねば、実は健全に生きて行くことはできぬのである。ラスベガスの効用を、ぜひ一度お試しいただきたい。

アイ・キャント・スピーク・イングリッシュ

まことに屈辱的、かつ自虐的な告白をしようと思う。

いつかどこかで誰かに懺悔《ざんげ》しなければならぬ罪ならば、本書こそがふさわしい。

英語がしゃべれんのである。もともと見栄ッ張りの恥知らずであるから、いっけんペラペラのように見えるらしいが、実は丸覚えの構文に適当な単語を応用しているだけで、会話にはほど遠い。ヒアリングは先方の表情と一部の単語からの推理である。

まずいことに、洋の東西を問わず世間の人々は「小説家＝文学者＝語学堪能《たんのう》」というイメージを抱いているので、私の海外旅行はその前提のうえに進行するから恐ろしい。

入国書類にはむろん堂々と、「NOVELIST」とか「AUTHOR」とか書く。職業を詐称してはならぬし、それくらいの単語は知っているからである。ところがたいてい、通関の係員はこの職業に目を留めると、私にはまったく理解不能の質問を、矢継ぎ早に浴びせかけてくる。

「アイム・ソーリー。アイ・キャント・スピーク・イングリッシュ」

屈辱の旅は、いつもこの正確な英語から始まる。

もっとも、私は小説家である前に純血の日本人オヤジであるから、英語が使えなくとも何らふしぎはない。しかしわが英語歴を考えると、この結果はまことにふしぎなのである。

私立のミッションスクールに通っていた私は、何と小学校一年生のときから、外国人教師による英語教育を施されていた。週に二時間か三時間、六年間をみっちり学んだ。おそらく小学校六年生の私は、今よりもずっと上手に英語を使ったはずだ。

中学校に入って手にした教科書は、小学校のときに終わっていたものと同じだった。最初の授業で、「誰か読めるやつはいるか」と教師が訊いたので、私は勇んで手を挙げ、数ページをペラペラと読んだ。教室に「オーッ」と感嘆の声が上がった。

そのとき、賢明な教師はこう予言したのである。

「じきにみんな追いつくから、油断するなよ」

はたしてその通りになった。英語をなめくさっていた私は、時を経ずしてみんなに追い越され、六年後の大学受験に際しては、その一教科だけがいかんともしがたい障害となった。

小学校時代の幼なじみが語るところによると、誰もが同じ経験をしたらしい。英才教育の先にある「慢心」という落とし穴に、ひとり残らず落ちたのである。わが子かわいさの余り他人とちがう教育を施したところで、たいていろくな結果は生まれない。ふつうが一番という手本のような話である。

義務教育で三年間、中学高校で六年間、大卒で十年間。私たちはかくも長大な歳月を英語学習に捧げている。私の場合は大学には行かなかったが、小学校の六年間に予備校での一年間を足せば、つごう十三年間の長きに及ぶ。その結果が「アイ・キャント・スピーク・イングリッシュ」では、まさに徒労というほかはあるまい。

こうした現象は、わが国の英語教育が伝統的な読み書きの学習に偏重していて、会話に重きを置かないからだ、という説もある。しかしたいていの人は、会話と同様に読み書きもできないのだから、この説はいささか説得力に欠ける。つまるところ、相当の時間と労力をかけて学ぶことは学ぶのだが、それぞれの学校の卒業時をピークとして、アッという間に忘れてしまうのであろう。いよいよ徒労という感じがする。

教養というものの正体は、何も英語に限らずそうしたものであるから、まあいいか、とも思う。しかし個人的には納得のいかぬことがある。私は一年に六回や七回は海外に出る。滞在日数の平均を掛けると、一年のうち二カ月は外国にいる。にもかかわらず、毎度「アイ・キャント・スピーク・イングリッシュ」とは、いったいどうしたことであろう。あんがいバカか、あるいは語学的才能に実は欠けているのであろうか。

しかしいずれの理由も、職業上けっして考えたくはない。そこで私は、いっこうに英語が上達せぬ個人的な理由についてあれこれと考えた。

まず、ほとんどの海外旅行に英語の堪能な編集者が同行しているのがいけない。私の不調法を知悉《ちしつ》している彼らは、なるべく私に英語をしゃべらせぬよう配慮し続けるのである。むろん私も彼らに頼ってしまう。

また、プライベートの旅に出るときは、現地在住の知人が同様の役目を果たすので、やはり私は彼らに頼ってしまう。かくて私は、定型の構文にありあわせの単語をくっつけた、必要最小限の英語のほかは、考える努力すらしないのである。

それでは、今さら英語力研鑽《けんさん》のために単身勇躍として旅に出る気があるかというと、全然そのつもりにはなれぬ。五十の手習いで英語教室に通うという手もないではないが、けっこう面が割れているうえに、教師から名指されて恥を晒せば、文壇の品位を著しく損なうおそれもあろう。きっと誰もが、「小説家＝文学者＝語学堪能」という誤てる幻想を抱いているはずなのだから。

ところで、かくいう私はラスベガスのカジノにおいてのみ、どういうわけかペラペラと英語を話す。ディーラーやほかのゲストたちとの間には、ゲーミング以外の話題がありえないからである。使用される構文と単語は一定のものであるし、感情表現やジョークも、だいたい決まっている。だからこの小世界での会話は、知らず知らずのうちに体で覚えてしまった。

一日目こそ多少のとまどいはあるが、耳が慣れてくると頭の中から日本語が消えてしまう。

ところが、いったんカジノから出てショッピングセンターやレストランに入ると、どういうわけかその英語がまったく援用されないのである。身ぶり手ぶりであたふたとし、あげくは「アイ・ドント・アンダースタンド」「プリーズ・スピーク・スローリー」を連呼する。

このごろ思うのだが、私は英語がしゃべれないのではなく、英語を使用するフィールドに臆していくるのではないだろうか。だから自分のフィールドだという自覚のあるカジノでは十分な会話ができ、そこを離れてしまえば言葉が出なくなってしまう。

われわれが等しく、三年も六年も十年以上も頭を悩ませてきた英語が、根こそぎ頭の中から失われてしまうはずはあるまい。われわれの胸のうちにはきっとどこかに、英語を使う外国人に対する気臆《おく》れがあって、しゃべれないのではなくただ口をつぐんでしまっているのではなかろうか。

日本人の多くが、おそらく最大の時間を費やしてきた学問が、まさか徒労であったはずはない。

とっておきの料理

本書は旅をコンセプトにしたエッセイ集であるから、そろそろ食い物について書かねばなるまい、と思った。

私はチャキチャキの江戸ッ子で、幼いころより祖父母から「まずいものは毒」と教えられて育った。その教えを頑《かたく》なに守って五十有余年、自分でいうのも何だがかなりハイレベルの食道楽であると自負している。

そこで、私がかつて世界のあちこちで味わった、うまいものについて書く。

と思ったのだが、そんなテーマではあまりにも芸がないので、私がかつて世界のあちこちで味わった、まずいものについて書こう。

まずいものといって私がたちまち思い出すのは、数年前にカナダのモントリオールで食べた、スペシャルディナーである。店の名はあえて伏せる。

その年、私の原作にかかる映画『鉄道員《ぽっぽや》』が、モントリオール国際映画祭にエントリーした。そうした晴れの舞台に原作者がしゃしゃり出るというのは、おかどちがいも甚だしいのであるが、「タキシードを着て赤い絨毯《じゅうたん》の上を歩いてみたい」という俗物的興味によって、私は映画会社のスタッフに同行したのであった。

到着した晩に、主催者側の理事という人が、私たちを「モントリオールで最もうまいディナー」に招待してくれた。

たしかに、かくやはと思える高級レストランであった。豪奢《ごうしゃ》を極めたダイニングルームに純白のクロスを敷いた長テーブルが置かれ、銀の燭台《しょくだい》に灯がともされていた。私たちは理事を中央にして席についた。むろん全員が夜の盛装である。

カナダの中でも、東海岸のケベック州だけは旧フランス領である。したがって公用語は今もフランス語であり、ディナーといえば純然たるフレンチである。

フランス語のメニューを渡され、むろん何が何やらさっぱりわからんので、招待者の理事にお任せすることにした。

彼曰《いわ》く、「それでは、私の大好きな豚肉のソテーをみなさまに」。

メインディッシュが豚肉とは意外である。その意外さゆえに、よほどうまいものであろうと私は胸をときめかせた。

ボーイが十数名の客の席をめぐり、肉の焼きかげんを訊いた。理事のお勧めは「レア」である。そういうものかと、全員が「レア」を指定した。

注文をおえてしまってから、同席者のひとりが「豚肉のレア、ですか」と呟いた。常識でいうなら、これは食い物の禁忌である。

やがて前菜が運ばれてきた。私はシーフードのサラダを注文していたのだが、これが妙に生臭く、ドレッシングもたいそう酸っぱく、お世辞にもうまいとは言えなかった。いやな予感がした。

メインディッシュがきた。五百グラムは優にありそうな巨大なレアの肉塊の上に、あろうことかテンコ盛りのジャムがのっていた。「さあ、どうぞお召し上がり下さい」と、理事。いっせいに口に入れたとたん、十数名の顎《あご》の動きがピタリと止まった。

まずい。ものすごくまずい。祖父母の教えからすると、猛毒にちがいなかった。レアの豚肉はプリプリとした怪しい舌ざわりで、一口噛むと血と消毒液が混ざったような、たとえば歯医者におけるうがいの味がした。しかもソースは、卒倒するほど甘いラズベリージャムである。

洒落《しやれ》ではないが、まずいことにホストの理事は、あくる日に迫った映画祭の審査委員なのであった。私たちは目配せをし合って、（ともかく全部食べよう）と暗黙の誓いを立てた。

なんとか半分ほど食べて、吐きそうになった。すると隣にいた映画会社の某役員が、「うまい、うまい。浅田さん、もしよろしかったら僕に下さいよ」と言って、勇敢にも私のノルマまで片付けてくれたのであった。ちなみに、この役員は食事のあと、長いことトイレから出てこなかった。

こうした苦労の甲斐《かい》があって、映画祭では高倉健さんに主演男優賞が贈られた。ただしご多忙で出席できなかったご本人だけが、あの豚肉ソテーを召し上がっていない。

理事に悪意があるわけはないから、モントリオールではあの豚肉が「最もうまいもの」なのであろう。いまだに信じられないけれど。

もうひとつ忘れがたくまずいものは、オーストリアのチロルで食べた、牛モツの煮込みである。

このときもやはり、「食べた」のではなく「食わされた」のであった。観光協会の会長という人が「とっておきのチロル料理」に招待して下さったのである。

そもそも私はモツ料理が苦手である。レバーもだめ、フォアグラもだめ、いわんや「牛モツの煮込み」など、考えただけで気が遠くなる。

ゲルマンの料理はだいたいが塩辛い。塩蔵物を使う伝統があるからであろう。したがって最も内陸にあるチロル州では、この塩辛さも度を増すことになる。

むろんこの料理は、私が嫌いだったからではなく、誰が食べてもまずかった。まともな肉がひとかけらも入ってはおらず、いったい牛のどこの部分だかわからぬヒモ状のものとか、紙状のものとか、パイプ状のものとかが、芬々《ふんぷん》たる異臭を放って小鍋《こなべ》の中に煮えたぎっているのであった。

しかもその後に、やはりベリージャムのこってりのったステーキが出た。肉をジャムで食べる習慣は世界中のあちこちにあるが、私にはどうしても理解できない。

塩辛いゲルマン料理と対照的に、まったく塩気がなくてまずいのはエジプト料理である。

旅行者が必ず体験する煮豆は、大豆をひたすら煮込んだ代物で、味というものがまるでない。そのくせひどく油っぽい。

エジプトに限らず、一般的にアフリカの料理は、甘いだの塩《しょ》っぱいだのという味覚に欠け、ひたすら油と香料だけで調理しているような気がする。

しかしこうして思い返してみると、ご当地の人々はそれらをうまいものと感じているのであって、異文化のわれわれが言下にまずいと断ずるのは、要らぬ干渉というべきであろう。

長い間の学習によれば、地元の名士にとっておきの現地料理をふるまわれて、うまいと思ったためしがない。つまりそうした場合には、最も文化の隔たったディープな料理を食わされるからである。

だがふしぎなことに、うまいものよりまずいもののほうが、懐かしく思い出される。

世界が狭く平らかになり、さほどのカルチャーショックを感じなくなった今、まずいと感ずるものは明らかに、旅の娯《たの》しみを教えてくれるのである。

ステキなステーキ

今にして思えばまことにふしぎな気がするのだが、私は齢《よわい》三十に至るまで肉というものをいっさい口にすることができなかった。

牛肉も豚肉も鶏肉《とりにく》も、である。もっとも私が子供のころには、肉類はおしなべて高価であったから、家庭の食膳にもめったに上ることはなかった。食べ慣れていなかったというのも、原因のひとつであろう。あるいは当時の庶民が口にする程度の肉は、硬くてまずかったのかもしれない。ともかく、大嫌いな食べ物の筆頭は肉であった。

それが三十歳になってから、突然目覚めたのである。理由はしごく単純で、二十八のときにできた一人娘が肉を食べ始めたので、「好き嫌いを言ってはいけません」と教える親の立場上、目をつむってでも食べなければならなくなった。で、おそまきながら肉のうまさを知ったわけである。

ものすごく損をしていた、と思った。何しろ私はそれまで、トンカツといえばコロモだけを食べて肉は残していた。スキヤキ鍋を囲めば肉はすべて他人に譲って、ネギやシラタキばかり食べていたのである。食わず嫌いというわけではなく、本当に嫌いだった。

以来、私は肉の虜《とりこ》となった。こういう食歴を体験した人はまずいないであろうから、そのときの体調の変化をお伝えしておく。まず、毎日の生活が活力に満ちた。気力が横溢《おういつ》した。言動が粗野になった。性欲昂進《こうしん》に悩んだ。体重が二年足らずの間に十キロも増えた。ただし筋肉ではなかった。

かくて私は、明治維新の知られざる真実を、身を以《もっ》て経験したのである。そのまま毎日のように肉を食い続けているとなんだか悪い歴史の轍《てつ》を踏みそうな気がしたので、以後はひそかにふつうの人々のメニューを研究し、肉料理は三日に一度と決めた。

齢が行ってから覚えた道楽はたちが悪い。他人を捉《つか》まえてやたら四の五のと蘊蓄《うんちく》をたれるのはたいていこの手合いで、子供のころからきちんと生活に織りこんでいる人は、物の解説などするはずはない。ゆえに、「ステキなステーキ」などというエッセイを臆面もなく書くのは私ぐらいであろう。

渡米の楽しみはステーキである。滞在中は連日ステーキを食べ続ける。世界中のステーキを食べ歩いた結果、ウナギは日本に限るというのと同じくらい、ステーキならアメリカという結論を得た。

霜降りの和牛が傑作食材であることに疑いようはないが、そもそも日本の肉料理は明治以来、ショウユ味のスキヤキ・牛鍋を基準としているので、実はステーキには向かないと私は信じている。

やはりなんといってもステーキ本来のうまさは、あの赤身と脂がキッパリと分かたれ、適当な歯ごたえがあり、嚙むほどににくにくしい味わいの広がる北米産の牛肉であろう。これを塩とコショウのみを用い、炭のごとく真っ黒に焼き上げたウェルダンで、むろんソースなどかけずに食べるいわゆる「ニューヨーク・ステーキ」が私の好みである。

ちなみに、肉の焼きかげんについて日本でいう「ミディアム」を指定すると、アメリカでは「ウェルダン」が登場し、「ウェルダン」と言えば炭となる。刺身で育った日本人には生肉信仰があるので、焼き具合の尺度は大きくくずれるのである。

このニューヨーク・ステーキのご当地決定版といえば、マンハッタンの夜景を目の前にして食べる、リバー・カフェのそれであろう。場所がらミーハーの譏りは免れまいが、それこそニューヨーク中を食べ歩いた末に、私の極めつきはここに落ち着いた。

先日、ロサンゼルスとサンフランシスコで講演をさせていただいた。諸般の事情により米国産牛肉の禁断症状を余儀なくされている私は、手ぐすね引いて出かけたのであるが、豈図《あに》らんや連日の晩餐《ばんさん》でステーキにありつく機会がなかった。

アメリカにいながらステーキが食えぬというのは、たとえば競馬場に行って馬券が買えぬぐらい口惜《くちお》しい。

講演をおえた後、現地でバラけてラスベガスへと飛んだ。アメリカでの仕事ののちに行方知れずとなるのは私の常である。

で、その晩は迷うことなくプライム・リブ・ステーキの名店ローリーズへ。場所はフォーコーナーからフラミンゴ・ロードを東に一マイル行った左側である。この周辺にはおいしいステーキハウスが、あたかも道頓堀のお好み焼き屋のごとく集中している。

とりわけローリーズのプライム・リブは涙が出るほどうまい。かつて私がテーブルを挟んで女性を泣かせた店は、ここだけであろう。ただし、例に洩《も》れずばかばかしいぐらい巨大であるから、メニューにある「女性とお子様向きのプライム・リブ」を注文するのがコツである。うまいものを食べ切れずに残してしまうときの敗北感は、図らずも足を余して負けたサラブレッドの悲哀に似る。

二日目の夜はストラトスフィア・タワーのてっぺんで、三百六十度の夜景を望みながらニューヨーク・ステーキを食べた。地上三百メートルの高みに据えられたテーブルが、ロマンチックな女性ジャズボーカルの歌声とともに一時間半で一回転する。目と耳と舌とを同時にとろけさせてくれるレストランは、世界広しといえどもここだけであろう。

予約はとりづらいが、深夜まで営業しているのでショーの最終ステージを見終わってから向かえば、テーブルはあんがい空いている。

三日目は最も正統のアメリカン・ステーキを食べさせてくれる高級店、モートンズへ。場所はフラミンゴ・ロードとパラダイス・ロードの交叉点《こうさてん》である。

「バタフライにいたしましょうか」

と訊ねられて、なんだかわからないけど「イエス」と答えたら、出てきたものは蝶《ちょう》のように羽を拡げたステーキであった。つまり、ここの肉は大きすぎて火が通りづらいから、「ウェルダン」好みの客にはそういう焼き方をするのである。優に六百グラムはあるだろうか、私にはバタフライの片翼が精一杯であった。

さて、このように連日ステーキばかり食べ続けていると、帰国してから体重計に乗るのが怖いのだが、なぜかウエイトオーバーしたためしがない。つまりアメリカという国では、摂取したカロリーを否応《いやおう》なく消費させられるのである。かくして私はアメリカから帰国すると、不在中の仕事の遅れに悩むどころかたちまちアメリカンパワーを発揮して、一気呵成《かせい》に一週間で二百枚の原稿をものにした。

「やればできるじゃないですか」

などと編集者は言うが、この成果は私の能力などではなく、ステーキの実力なのである。

二百枚の余勢を駆って本稿も書き上げた。ごちそうさま。

胡同の燕

北京に到着した第一夜の晩餐は前門《チエンメン》の全聚徳と決めている。

言わずと知れた北京ダックの元祖、全聚徳烤鴨店《チュアンジュードカウヤーディエン》である。市内に同じ看板を掲げている店は数多いが、味を問うならどうしても、西太后の時代から変わらぬ煉瓦の窯《かま》で鴨を焼く、前門の本店でなくてはならない。

世界一うまい食べ物である。むろん個人的採点ではあるけれども、一度でもこれを食べた人は、たぶん同じことを言うと思う。

全聚徳に向かうにあたって、私はけっして同行者に蘊蓄をたれたりはしない。ただ「北京ダックを食べに行こう」と誘う。何の能書きもなく、初めてそれを口にした瞬間の愕《おどろ》きの表情が見たいからである。

店は前門の繁華街に面しており、さほど敷居が高い感じはしない。二層が吹き抜けになった広い店内は、夕方ともなればいつも満卓である。初めて訪れる客は、その大繁盛のせいで油断をする。いかにも大衆的な、名物料理の店だと考えるのである。

中国のうまい店には理屈がない。ひたすら繁盛している。これが日本の場合には、自信が店の造作に現れ、価格となり、客の顔ぶれもそれなりに定まってしまう。だから全聚徳本店を初めて訪れる日本人は、みな油断をする。

理屈がないうえに、勿体《もったい》ぶったところもない。注文するとアッという間に、こんがり焼き上がったダックが運ばれてくる。中国では空腹の客を待たせるということ自体が、店としては失格なのである。

飴色《あめいろ》に焼けたダックを、調理人がワゴンの上で切り分ける。薄餅《バオピン》にネギと味噌《みそ》とダックをくるむ食べ方は、日本と同じである。

ここまでは、誰もが「北京の第一夜は本場北京ダック」という程度のミーハーで、まさかこれから「世界一うまい食べ物」を口にするなどとは、夢にも思っていない。私はじっと彼らの表情を注視する。

わいわいがやがやと騒ぎながら一口食べたとたん、例外なく一度顎の動きが止まる。つまり「うまい」と感じるのではなく、ビックリするのである。この際、思わずア行五音のどれかの声が出る。「あっ!」「いっ……」「うー」「エッ!」「おおっ」のどれかである。

嚙む間ももどかしく呑み下したとたん、誰もが笑う。これは動物としての本能であろう。うまいものを食べることは至福だから、意味不明の笑いがこみ上げてくるのである。

慎《つつ》ましい女性編集者は、憧れの宝石を指にはめたかのように陶然と微笑し、男どもはたいてい快哉《かいさい》の声をあげて笑う。

他人の幸福をこんなふうに観察するのは、実に楽しい。だから私はけっして能書きを語らず蘊蓄も傾けず、この瞬間のために沈黙を守って、全聚徳のテーブルにつく。むろん、一年に一度のこの絶世の美味は、理屈抜きの幸福を私にももたらしてくれる。

到着第一夜のこの晩餐には、もうひとつの目論見がある。まっさきに全聚徳の無上の味を知っておけば、あくる日からの見聞も一味ちがったものになるはずだからである。この国の宏大《こうだい》深遠な文化を語るにおいては、小説家の俄《にわか》知識などより一羽の北京ダックのほうが、よほど雄弁であろう。

全聚徳からの帰《かえ》り途《みち》には、前門の裏町に拡がる胡同《フートン》を散策するがいい。オリンピックをめざしての再開発で市内はずいぶん様変わりしてしまったが、大街《ターチエ》から一歩踏みこめば時の止まったような北京の下町である。

山査子《さんざし》の実をかじりながら、私は胡同の燕《つばめ》になる。歩むほどに迷うほどに、心も体もとろけてゆく。

「燕迷《エンミイ》」という言葉がある。北京を訪れた旅人は胡同をさまよううちに、時も場所も、自分が誰であるかもわからぬ燕になってしまうのである。燕迷の体験は、この町のどのような見聞にもかえがたい。

翌朝は目覚めたとたんにホテルを脱け出して、朝飯を食べに行く。北京の朝食は町なかの食堂に限る。

三度の食事をけっしておろそかにしない中国人の朝食である。揚げたての油條《ヨウテイアオ》に豆乳、お粥《かゆ》と包子《バオツ》。定番のメニューに舌鼓を打っていると、隣のテーブルのビジネスマンが話しかけてきた。

「日本人は朝飯を食べないらしいね」

そのように断定されても困るのだが、あえて否定はできぬ。彼らからすれば、すこぶる興味深い情報なのであろう。

「忙しいんだ。通勤時間もかかるし」

全然理由にならん、というふうにビジネスマンは呆《あき》れた顔をした。

「僕は必ず食べるけどね」

と、私は言い足した。

「好《ハオ》。それはいい。飯も食わずに仕事をするなんて、信じられないよ」

常宿にしている北京飯店の北側には、多くの食堂が早朝から営業している。その昔、紫禁城の東華門《トンファメン》が官吏の通用門だったころからの、伝統ある朝食街である。清朝の官服に身を包んだ士大夫《したいふ》たちも、出勤前の朝食を欠かすことはなかったのであろう。

ちなみに朝食は一品がせいぜい一元か二元、たらふく食べても邦貨百円に満たない。

北京の燕になるたび、いつも同じ疑問を抱く。

かつてはヨーロッパを範とし、第二次大戦以降はアメリカに急接近したわれわれ日本人の生活が、はたして正しい文化の形であるのか、と。朝食抜きで仕事をし、学問に励むことが、はたして文明なのか、と。

胡同の奥の暮らしはけっして豊かではないが、幸福を感じさせる。幸福すなわち繁栄とするのは欧米流の基準であって、中国での幸福はむしろ平安であろう。どちらが理に適っているかは、北京とニューヨークの老人たちの表情を見較べれば明らかである。

今や北京にも大廈《たいか》高楼が競い建ち、急速な繁栄を見てはいるものの、胡同に一歩踏みこめば庶民の暮らしはどこも変わっていない。平安という幸福の形が、変えようもないほどに完成しているのであろう。

北京ダックの味に愕き、胡同の燕になった翌日はお定まりの紫禁城見物である。そこには、私が同行者たちに説明せずにはおれないものがひとつだけある。

保和殿の天蓋《てんがい》に、巨大な黄金色の珠《たま》が吊り下がっている。中華皇帝の玉座の位置を示す龍珠である。

「ここが世界の中心なんだよ」

誰もが笑いもせず、深い溜息《ためいき》をつく。

自己責任

ホテルのコンシェルジュに勧められて、「世界一おいしいブイヤベース」を食べに行った。

コート・ダジュールのレストランはハイレベルである。そのモナコのホテルの老コンシェルジュが折り紙を付けるからにはまちがいはなかろうと衆議一決して、私と三人の仲間はカンヌへと向かった。

モナコとニースとカンヌの位置関係は、ものすごくわかりやすく言うなら、湯河原と熱海と伊東である。箱根に続く緑のかわりに、剝《む》き出しの白い岩山があると思ってもらえばよい。

レンタカーのハンドルは私が握った。いわゆる暴走族の嚆矢《こうし》であり、その後も営業が長かったので車の運転には自信がある。少なくとも、ペーパードライバーにちがいない編集者たちにハンドルを譲るわけにはいかなかった。ましてや道中は、片側がガードレールなしで地中海の断崖《だんがい》に沿っている。

世界一かどうかはともかくとして、岬のレストランのブイヤベースはたしかに絶品であった。隣の席には、やはりこれがお目当てらしい日本人の女性グループがおり、私たちは心ゆくまでシーフードを味わいつつ、日本語で語り合った。

この和気あいあいたる雰囲気がいけなかったのである。私たちはなんとなく、そこがカンヌの岬ではない真鶴《まなづる》あたりの磯《いそ》料理屋のような錯覚に陥っていた。

おいしい食事は気分を昂揚させ、時には有頂天にもさせる。妙齢の日本人女性らとの会話も楽しかった。

いやあ、うまかった、美人ばかりだった、ホテルを訊いときゃよかった、などとはしゃぎながら、私はまったく物を考えずに駐車場から車を出し、曲がりくねった岬の道をかなりのスピードで走り出した。

運転に自信はあった。左側を走っていたことを除けば。

もし最初の対向車と遭遇したタイミングがほんの少し悪かったなら、たぶん『壬生義士伝』あたりが私の絶筆となっていたことであろう。

その瞬間、私と編集者たちはおしゃべりをやめてワーッと叫び、対向車のカップルも――忘れもしない、いかにもコート・ダジュールにお似合いの真っ白なベントレー――顔面を硬直させてワーッと叫んでいた。

幸いなことに、ベントレーのハンドルを握っていたセレブのおやじと私とは、たいそう相性がよかったらしい。彼は躱《かわ》そうとせずに急ブレーキを踏み、私はブレーキよりも右に急ハンドルを切ったのである。双方のブレーキングではとても間に合わず、かといってたがいにハンドルを切れば、あわやシャル・ウィー・ダンスの悲劇となるところであった。

間一髪ですれちがってから車を止め、おそるおそる振り返ると、白いベントレーも呆然と停止していた。日本ならぶん殴られても文句は言えぬところだが、そこはさすがにコート・ダジュールのセレブである。何か一言二言、冗談まじりの警句を口にして走り去って行った。

べつに自分のミステイクを法律のせいにするつもりはないが、国際免許証が簡単な申請だけで交付されるのは危険このうえないと思う。何しろイギリスとその連邦を除き、ほとんどの外国は通行車線が逆なのである。

この点は国際免許を持たぬ観光客にとっても他人事《ひとごと》ではない。道路を横断するとき、日本人旅行者はたいてい右側の安全を確認して渡ろうとする。しかし諸外国では、車が逆から走ってくるのである。

さて、そのようなことのあった帰りにパリで数日を過ごし、私は再び大恥をかいた。

パリの市街地で車の運転をするのは初めてであった。ホテルを出てシャンゼリゼの渋滞をのろのろと走り、凱旋門《がいせんもん》のロータリーに入ったとたん出られなくなったのである。

ヨーロッパの交叉点の基本形は信号機ではない。各方向から来た車がいっせいにロータリーに流れこみ、円周をめぐってめざす方向へと出て行くのである。むろんこういう交叉点は日本にはほとんど見られない。

つまり私は、シャンゼリゼから入ってブローニュの方向に抜けようとしたのだが、次々と合流してくる車に押されて内側の車線に入ってしまい、出るに出られず十周ぐらいしてしまったのであった。

慣れとかコツばかりではないと思う。パリのドライバーは運転がうまい。車間距離が二十センチでもあわてず、水すましのごとく車を操る。しかもオートマチック車はほとんどなく、器用にシフトチェンジしながらけっこうなスピードで流れに乗っているのである。

ラテン系は動体視力がすぐれている、という説があるらしい。なるほど考えてみれば、F1ドライバーにはラテン系が多く、サッカーもラテン系選手の天下である。

しかし、そんなことを考えて感心している場合ではなかった。結局私は、凱旋門の下をおろおろと十周ぐらいしたあげく、そのままバターになってしまいそうなすんでのところで、異変に気付いたやさしいタクシードライバーに救われたのであった。

彼はスッと私の車の前に入ると、窓から手を出して「俺についてこい」という合図をした。で、とにもかくにも外周車線まで車を誘導してくれたのである。

そういう奇特なプロがいるということは、おそらく凱旋門の下でバターになる外国人ドライバーは珍しくないのであろう。

以来、パリ市内で車を運転するのはやめた。

思うに、とりたてて日本人の運動神経が彼らより劣っているわけではあるまい。要するに日本が、世界に冠たる交通安全国家なのである。たとえば、われわれは高速走行中に百メートルの車間距離をとるように躾《しつ》けられ、現実にも五十メートルは保っているのだが、欧米の高速道路ではその間に五、六台の車はつながっている。まさに数珠つなぎの高速走行という感じがする。

制限速度についても、ドイツの場合などは市街地こそ五十キロだが、市街を出た一般道路は百キロなのである。これがひとたびアウトバーンに入れば、無制限になるのだからこわい。走行車線で百八十キロ、追越車線の車は優に二百キロを超える。日本人観光客の俄《にわか》ドライバーなど、むしろ交通妨害である。

こうした事情の裏側には、「災難は自己責任」という基本的な考えがあるのであって、つまるところ社会から格別に安全を保障されている日本人は、外国で車を運転する資格などないのであろう。

そう思えば、私たちはこと車の運転にかぎらず、何ごとにおいてもわが身の災厄を他人のせいにしたがるようである。

「存亡禍福、みな己《おのれ》に在る已《の》み。天災地妖《ちよう》、また殺《そ》ぐこと能《あた》わざる也《なり》」

こうした漢籍の名言を、われわれだけが忘れてしまっている。

冬のノルマンディー

ドーヴィルを訪れるのなら、冬がいい。

人づきあいは下手ではないが、無理をしているといつも思う。実は独りでいることのほうが好きで、孤独を苦痛に感じたためしはない。小説家という人生を選んだ理由は、たぶんそれである。

だからときどき、すべてを捨ててしまいたくなる。むろん今となっては叶わぬ夢ではあるのだけれど、すべてを捨てられぬまでも忘れさせてくれる場所を、私は冬のドーヴイルのほかに知らない。

シャルル・ド・ゴール空港でレンタカーを借り、パリには見向きもせずにノルマンデイーへと向かう。

フロントガラスに翻る風景は美しい。冬枯れた木々の枝には、宿り木の無数の鞠《まり》が抱かれている。牛馬が草を食《は》む丘陵が涯《はて》もなく続く。こうした景色を誰と共有したいとも思わないのだから、やはり私は天性の偏屈者なのであろう。

ハイウェイを三時間ばかり走ると、目の前に黒ずんだ冬の海が現れた。ノルマンディーである。

第二次大戦の激戦地としてすっかり有名になってしまったが、そもそもこの地方はかつて、ヨーロッパの貴顕が集う優雅な避暑地であった。その中心たるドーヴィルのリゾートを開いたのは、ナポレオンⅢ世の義弟にあたるモルニー大公である。ドーヴィルにはあの華やかなエコール・ド・パリの空気が、今も色濃く残っている。「パリ二十一区」などと称されるゆえんである。

この地では夏季の競馬が開催されるのだが、私は誰に誘われても来たためしがない。避暑客で混雑しているドーヴィルを、見たくないからである。

常宿はエコール・ド・パリそのままのロワイヤル・バリエールで、私はこのホテルに限っては部屋の指定をしたためしがない。北向きの窓からは荒涼として物悲しい海岸が望まれ、南の窓からはノルマンディーふうの愛らしい別荘群が見渡せるからである。いずれの景色も、その美しさ静謐《せいひつ》さは曰く言い難い。

夏には海岸も人で溢れ、別荘の窓などは開け放たれているのであろうと思えば、どうしてもこの真冬の季節のほかには、ドーヴィルを訪れる気がしない。

コンシェルジュは人間嫌いな異邦人のために、座り心地のよい椅子と、古めかしい電気スタンドを用意してくれている。凍えた足をスチームでぬくめながら、スーツケースいっぱいに詰めこんできた本を読む。なるたけ浮世ばなれした、仕事には役立たずの書物ばかりである。

ここまで来たのならいっそ読書という習慣まで捨ててしまいたいのだが、それではたぶん時間を埋めることができまい。だからまこといじましい折衷案として、なるたけ役立たずの書物ばかりを持ってくるようにしている。

たとえば、『猫との正しい会話術』とか、『中世フランス料理のレシピ』とか、『高天原《たかまがはら》は実在したか』などという、おそらく著者と編集者と私しか読んでいないのではないかと思われる書物を漫然と、いやけっこう真剣に読んでいると、魂は活字に渇《かつ》えていた少年に戻る。あわただしい日常の中で喪われている、平安と豊饒のひとときが恢復される。

書物のもたらす知識や啓発よりも、この役立たずの平安と豊饒のほうが、ずっと大切なのではなかろうかと思った。小説の最も誠実な読者たる少年は、そのほかの何ものをも求めない。やがて夢を忘れて利を希《のぞ》み、人間は肉体の成長とはうらはらに精神を萎《な》えさせてゆく。その退行をおしとどめる力が、小説に欠けていてはならない。

かにかくに、平安と豊饒の日々がしばらく続けば、さしもの活字中毒患者も飽きる。

そろそろパリに戻るかと考えながら、おそろしく天井の高いエコール・ド・パリそのもののダイニングで朝食を摂《と》っていると、イギリス人らしき雅《みやび》なご婦人たちが、モン・サン・ミシェルの話をしていた。

モン・サン・ミシェル。干潟の海のただなかにそそり立つその中世の修道院を、私は見たことがなかった。手元の地図を開いてみると、ドーヴィルからは百五十キロ程度の距離である。

都会育ちのくせに人混みが苦手な私は、あんがい名所を知らない。ドーヴィルが好きな理由の第一も、なぜか日本人の観光ルートからはずれているからである。いかに名高きモン・サン・ミシェルといえども、氷点下のこの寒さではすいているだろうと思い、行ってみることにした。

ドーヴィルを出発してのどかな田舎道をたどること二時間、ヴィクトル・ユーゴーが「聖堂のティアラを冠《かぶ》り城砦《じようさい》の鎧《よろい》をまとった」と表現したモン・サン・ミシェルが、地平線に姿を現した。

折よく道路脇に駐車場があったので、この遠景をじっくり楽しむことにした。外は湿原も凍る氷点下であるから、車から降りる気にはなれなかった。と、ほどなく二台の大型観光バスが駐車場に滑りこんできた。

どうやらここは、モン・サン・ミシェルのヴューポイントであるらしい。

「キャー、かわいい！」

という嬌声《きょうせい》の連呼が耳に飛びこんで、私は唖然《あぜん》とした。バスから溢れ出た百人の観光客は、全員日本人ではないか。しかもそのほとんどは、すべての感動を「かわいい」としか言い表すことのできぬ、世界一優雅で世界一空疎な若者たちであった。

かくして私は、彼らと一緒にモン・サン・ミシェルに入り、その一千年の「かわいい」感動を共有するはめになった。

空中庭園では何度もカメラマンを務めたが、まったく面が割れなかったところをみると、彼らには小説を読むという習慣がないらしい。そんなことはともかくとしても、海外旅行は生涯一度の壮挙と心得ていた私の若い時分とは、まさに隔世の感である。

帰りがてら名物のオムレツを食べた。ここもやはり、店内は日本人の若者たちに占領されていた。たいそうおいしい。ただし、たいそう高い。何しろプレートにのった玉子焼が四十五ユーロ、つまり約六千五百円である。根がセコい私は、メニューを見てただちに店を出ようとしたのだが、なんの迷いもなく四十五ユーロのオムレツにワインまで注文する若者たちの手前、肚《はら》をくくるほかはなかった。

私はこのモン・サン・ミシェルのオムレツにたどり着くまでの、おのれの人生を省みた。キリスト教徒ではないにしても、その道程は巡礼者に等しかったと思った。しかしこうして若者たちと席を並べれば、感慨は徒労の一語に尽きる。

海外旅行はすっかり身近になったが、その便利さのせいで重要性が喪われてはなるまい。

たそがれのドーヴィルに戻ると、なぜかその街には、日本人観光客の姿がなかった。石畳を渡る海風が、けっして徒労などではなかったよと、私のゆえなき感傷を慰めてくれた。いつも叱らずにねぎらい労《いたわ》って下すった、この風は母の声に似ている。

ドーヴィルを訪れるのなら、やはり冬がいい。

舌を焼く話

積年の懸案であった韓国旅行が、先日ようやく実現した。

東京からソウルまでは往路で二時間半、復路が二時間のフライトだったのだから、「積年の懸案」であったことがそもそもおかしい。つまり昨年初めて訪れた台湾と同様、「近いところはいつでも行ける」と考え続けてきた結果、後回しになっていたのである。

省みて思うに、やはり海外旅行は近い国から順序よく訪れるほうが好ましい。文化的、歴史的な相関関係をたどって旅を重ねていけば、少なくとも自分が日本人であることを忘れずにすむ。ことにこれから海外デビューをする若者たちには、あんがい大切な心得ではなかろうかと思う。

ところで、この「積年の懸案」をふと実現する気になったことについては、私なりの誠実な理由がある。

過日、さし迫る締切時刻にもかかわらず原稿に思い屈して、ぼんやりと書斎を眺めていると、自著を並べた本棚にハングルが増殖していることに気付いた。数えてみれば十三冊もある。これだけ私の著作が翻訳されているのに、かの国をいまだ知らぬというのは不義理も甚だしいと思った。むろん、本場の韓国料理をしこたま食し、要すれば未訪のウォーカーヒルで一勝負をするという邪心も働かなかったわけではない。

そこで過去のデータを調べてみると、このハングル版が意外なほど増刷されていることが判明した。そういえばたしか、映画化もテレビドラマ化もされている。

想像の翼は拡がる。もしや韓国には浅田次郎の熱狂的読者が大勢おり、訪韓を知った妙齢のおばさまたちが金浦《キンポ》空港の到着ゲートに大挙して押し寄せ、「アーさま！」とか叫んで出迎えてくれるのではなかろうか。だとするとやはり若めのブランドスーツを着、襟には粋なマフラーを巻き、メガネも小さめのものをかけ、ハゲは今さら仕方ないけれど、歯を見せてにっこりと笑う顔も演出しなければなるまい。

などと想像の翼を拡げに拡げつつ二時間半のフライトをおえ、降り立った金浦国際空港の到着ゲートは、当然のことながらシンと静まり返っていた。

その晩は私の小説を何冊か手がけて下さっている翻訳家のイ・スンヒ女史のエスコートで、「それほど辛くない韓国料理」を食べに行った。

私にはなぜか青トウガラシのアレルギーがあり、ためにタイやベトナムでは相当の警戒を要するのだが、幸い韓国料理はほとんどそれを使わないらしい。赤トウガラシには自信があるので、「それほど辛くない」というお勧めはむしろ不本意であった。しかし女史の説によると、初めての来韓者はマイルドに限るそうである。

その選択の正しさはじきに証明された。なるほど日本人観光客の目立つ、ホテル内の高級レストランである。なんでも「韓国宮廷料理」という看板を掲げている店は、おしなべてそれほど辛くはないらしい。

しかし前菜を一口食べて、私はゴジラのごとく火を噴いた。口に入れた瞬間は、「なあんだ」という気がする。辛いどころか甘く感じるのである。だが三秒後に衝撃がやってくる。

これを「それほど辛くない」と評する女史の目には、おそらくゴジラもイグアナに見え、キングコングもチンパンジーと映るのであろう。けっして私の舌だけが敏感なのではない。同行の編集者たちはみな火を噴いていた。しかし瘦《や》せ我慢は江戸ッ子の美徳である。幼いころ下町の銭湯で鍛え上げた根性をいかんなく発揮して、私は「うまい」と嘯《うそぶ》きながら、次々と供される烈火のメニューを平らげた。

そして食後、ただちに部屋に戻って身悶《みもだ》えた。

さて、二日目の昼食は「きのうよりずっと辛い庶民の店」である。

瘦せ我慢を美徳と信ずるうえに、めっぽう負けず嫌いの私は、「あー、そうですか。

それは楽しみだ」などと答えて、編集者たちの顰蹙《ひんしゅく》を買った。この性格のために、これまでどれくらい損をしているのだろうと思った。

しかし、相当の肚《はら》をくってテーブルについたものの、一見してきのうよりずっと辛いにちがいないキムチを口に入れて、私の舌は意外な反応を示した。甘さの後にやってくる衝撃が、さほどではないのである。辛さは辛いが、火を噴くゴジラにはならなかった。

「きのうよりずっと辛いんですよ。みなさんの舌が慣れただけです」

というのが女史の解説である。つまり、きのうの「それほど辛くない韓国料理」は、このさき四日間にわたるトウガラシ漬けのプロローグとして最適だったわけである。

旅先では現地の料理を食べ続ける、という私の旅行規則に照らせば、この味覚の慣れはまこと喜ばしい限りであった。正直のところ昨夜はホテルの自室で身悶えながら、今度ばかりは掟《おきて》破《やぶ》りをしようと誓っていたのである。

「きのうよりずっと辛い庶民の店」は、リストランテのフルコースにまさるトラットリアの味であった。すっかり本場韓国料理に魅了された私は、四泊五日の旅を規則に反することなく、むしろさらなる刺激を求めつつ過ごした。食べ慣れてしまうと、料理は辛ければ辛いほどうまく感じられた。

かくして一本の鷹《たか》の爪《つめ》と化した私は、トウガラシといえばソバ屋のヒョータンしか連想しない母国に帰ってきた。

身体的異変を感じたのは翌日の朝食時である。外国から帰った後の食事は、純和食が好もしい。しかし待望の味噌汁を口にしたとたん、「まずい」と思った。鮭《さけ》の塩焼きは生臭く感じられ、漬物は生野菜のように味気なかった。

以後数日間、いや正しくはつい先日までの一カ月近くの間、私はまるで蠟細工《ろうざいく》のサンプルでも食べているような、奇妙な舌の感覚に悩まされていた。

つまり、韓国料理の刺激に体がすっかりなじんでしまったのである。舌が焼けた、という言い方のほうが適切かもしれない。その間、みやげに買ってきたキムチを食べると、妙に納得したものであった。

近ごろになってようやく、わが舌は和食に回帰した。そうなればなったで、みやげのキムチが辛くてたまらない。

女史の翻訳にかかるわが著作のハングルを眺めつつ、はたして私の淡白な小説がかの国の読者に理解できるであろうかと、いささか殆《あや》ぶんでいる。

西太后の食卓

まことに信じ難い食生活が続いている。

今さら無理なダイエットをしているわけではない。かれこれ二週間も、中華料理完食の日々が続いているのである。

ことの発端は中国旅行であった。以前にも書いたように、私は海外では徹頭徹尾その国の食事ばかりを食べ続ける主義である。べつに主義というほどのことではない。子供の時分から他人様の飯ばかり食っていると食い物の文句を言わなくなるので、旅先でも自然に目の前に供されたものを食べ続けるだけである。

とりわけ今回の旅行は観光でも取材でもなく、日本ペンクラブの主要行事である日中文化交流の代表団の一員であったから、毎日が豪勢な中華料理の連続であった。つまり、否も応もない。

手順としては、まず中国作家協会主催の歓迎会。翌日は必ずその返礼の祝宴をこちらが催す。けっしておろそかにしてはならない中国流の応酬である。これを北京と上海で夜ごとくり返すわけであるから、六日間の旅程は胃袋を休める間もなかった。

唯一、北京と上海の移動が列車であったので一息つくかと思いきや、食堂車での大宴会となった。中国の長距離列車には必ず世界の追随を許さぬ食堂車がついているのである。

中華料理の朝食もはずせない。お粥に皮蛋《ピータン》、豆乳、揚げパン、饅頭《マントウ》、といったメニューは私の大好物で、ホテルのダイニングでは飽き足らずに街なかの食堂にまで足を延ばす。むろん昼食は飲茶《ヤムチャ》である。

というわけで、往復の機内食を除き六日間の中華完食。ここまでは毎度のことであるからふしぎは何もない。問題は帰国後の一週間である。

前倒しの原稿が重なっていたせいで、帰ってからは間髪を容《い》れずに連夜の会食となった。

中国流の饗応《きょうおう》の応酬というのも大変だが、わが国には「打ち合わせ会食」なる商習慣がどの業界にもあって、たぶんこのせいで男子の平均寿命は五年くらい縮んでいると思われる。会議なら会議、メシならメシと決めればよさそうなものだが、そうはいかぬのが妙なところまで和の精神を貴《たっと》しとする伝統なのであろう。

作家と出版社との会食には、中華レストランがよく利用される。理由は他の会食ではありえぬ、あの巨大な円卓である。

小説家には生産性が本人ひとりにかかっているという職業的特徴があり、一方の版元には、単行本、文庫本、雑誌担当の各編集者のほかに、それぞれのセクションの上司がいる。つまり、作家と出版社の正規の「打ち合わせ会食」のスタイルとしては、ひとりを囲んでみんなで攻める、もしくは責める、中華料理の円卓が好もしいのである。

理由はもうひとつある。翌年の執筆や刊行のスケジュールを調整する季節には、双方が連日の会食となる。作家はたくさんの版元と付き合っており、版元も大勢の作家が相手であるから、自然にそうなるのである。

毎日ともなれば、店がちがっても同じような旬《しゅん》の献立が並ぶ和食は飽きる。洋食が続くのもまたしんどい。その点、中華料理は店によってメニューが異なり、またあんがい体にやさしいのである。

かくて私は、上海から帰国した翌日にあろうことか上海蟹をふるまわれ、まさかきのう食べましたとも言えぬので黙って完食し、その翌日は北京ダックの元祖「全聚徳」の東京支店に招待された。こちらも同様に、実は四日前に北京の本店でいやというほど食べました、とは言えぬ。

三日目には地域医療に励む娘がへこたれて帰ってきたので、何かうまいものでも食わせてやろうという親心で問えば、「おいしい中華料理が食べたい」と言うではないか。

うまいかおいしいかというより、これはまずいことを訊いてしまったと悔いたが、やむなく笑顔で希望を叶え、またしても完食。

その翌日の会食が中華であったのは非情な偶然であるとしても、また翌《あく》る日も中華、しかも同じ店の予約であったというのは呪《のろ》いか祟《たた》りではなかろうかと思った。

ところできょうは、亡き母の命日である。母は生前、中華料理をこよなく愛していたので、この日は力いっぱいの大盤ぶるまいをするのが何よりの供養と決めている。

贅沢な話ではあるけれども、「ワンコ中華」はさすがにつらい。

中華帝国五千年の掉尾《ちょうび》に君臨した西太后《せいたいこう》は、毎度の食事に三百六十品の料理を並べたといわれる。

多少の誇張はあるのかもしれぬが、三つの大円卓に皿を積み重ねたというから、なまなかの数ではあるまい。ちなみに百年後の一ファンとして彼女の弁護をしておくと、こうした豪勢な食事は個人的な奢侈《しゃし》ではなく、一種の儀式であったらしい。つまり皇帝にかわる祭祀《さいし》権者として、西太后は祖宗の霊とともに卓を囲み、陪食を賜っていたというわけである。

西洋史観に基づけば、西太后の奢侈が国を滅ぼした一因とされているが、最大の原因は列強の簒奪《さんだつ》であったことを忘れてはなるまい。かつて資本主義は植民地経営なしでは成り立たぬと信じられており、中国は地球上に残された唯一最大の楽土であった。そうした重大な史実をうやむやにして、すべてをひとりの女性の責任のように言うのは、近代百年の地球的欺瞞《ぎまん》であろうと私は思う。

西太后は一九〇八年十一月十五日に崩じた。働きづめの過酷な人生であったにもかかわらず七十二歳の天寿を全うしたのは、豊かな食生活の賜物《たまもの》かもしれない。

私が訪中する直前に、敬愛する作家の巴金《はきん》先生が亡くなられたのだが、百歳の長寿であった。中国の作家はおしなべて長命である。北京と上海の文学館を訪れて、近現代の作家の年譜を読むうちに、巴金先生が格別ではないことを知って驚いた。

おそらく中国は正確な統計がとりづらく、また国土が広いので医療面も不利ではあろうが、お年寄りの数の多さとその矍鑠《かくしやく》たる佇まいを見るにつけ、世界一の長寿大国はこちらと私は信じて疑わない。

やはりそれも、中華料理のもたらす福音ではなかろうか。このごろの日本では、長生きがしたければ「食うな」であるが、医食同源の中国では、もちろん「食え」である。実に羨ましい。

ふしぎなことに、かれこれ二週間も脂っこい中華料理ばかり食べ続けているにもかかわらず、私の体重に変化はない。おいしいうえに飽きもせず、高カロリーなのになぜか太らない。まさしく中華五千年の叡智というべきであろう。この際いっそ肚《はら》をくくって、巴金先生のように百寿を全うしようかと、なかば本気で考えている。
とりあえず今宵《こよい》も、亡き母の供養のために中華料理を完食する。

マラケシュのテラスにて

ただいまマラケシュのラ・マモーニアでこの原稿を書いている。

かつてウィンストン・チャーチルが、「君を世界一美しいところに連れて行ってやる」と言ってルーズベルトを伴ったホテルだそうだ。物の本でその逸話を読んでからというもの、「マラケシュのラ・マモーニア」は永らく私の憧れであった。

なるほど聞きしにたがわぬホテルである。優雅で精緻《せいち》で、そのくせ過剰なものが何ひとつとしてない。人類が何千年にもわたって試行錯誤をくり返してきた「美しく住まう場所」が、一九二〇年代に至ってついに完成したといわんばかりの、矜《ほこ》り高きアール・デコである。地平線まで続くオリーブ畑のただなかに、あたかも蜃気楼《しんきろう》のごとくにこのホテルは佇んでいる。

チャーチルの強弁癖は先刻承知のうえだが、世界一であるかどうかはさておき、ルーズベルトもここに誘われて損はなかったであろう。

それにしても暑い。日本以外の世界各地で軒並み記録的な暑さとなったこの夏に、ここモロッコでは摂氏五十度にも至ったそうである。すでに季節は秋だが、日中のプールサイドは四十度近くに達する。

　私は生来、暑さに弱い体質なので、夏ともなればともかく涼を求めてあちこちをさまよい歩く。ところが今年に限っては日本ばかりが過ごしやすく、わざわざ暑苦を求めて旅をする結果となってしまった。

　とりわけ八月のヨーロッパには参った。今年の暑さは事前に耳にしていなかったわけではないのだが、かつて真夏のパリで暑い思いをしたことなどなかったから、高を括《くく》って出かけたのである。どうも私の頭の中には、小学生のころ机の前に貼《は》ってあったメルカトル図法の世界地図がいまだに生きていて、ローマと函館が同じ緯度、パリやロンドンは樺太なのである。したがって寒さについての備えはおさおさ怠りないが、暑さなど高が知れていると考える。これがいけなかった。

　ミラノに着いて、とりあえずドゥオーモの屋根に昇ったところ、大理石を敷き詰めた一片の影すらなきその場所は、さながら業火に焙《あぶ》られる地獄であった。しかも折悪《おりあ》しくサマーシーズンの旅行者で立錐《りっすい》の余地もないほど混み合っており、昇ったとたんこれはいかんと思って降りようにも、エレベーターも階段も長蛇の列で後戻りができなかった。

　それからあるべくもない涼を求めて、コモ湖、ヴェローナをめぐりヴェネツィアに至った。ヴェネツィアでは当然のことながら、暑さのうえに湿気がきわまって、堪え難さもひとしおであった。

ところで話は冒頭に戻るが、もし私が「世界一美しいところへ連れて行ってやる」と強弁して誰かを誘うとしたら、そこはマラケシュのラ・マモーニアではなく、ヴェネツィアのダニエリであろう。中世そのままのダニエリの窓から眺めるアドリア海、叶うことなら高潮《アクア・アルタ》の満月の夜のそれは、私が今までに見た最も美しい光景である。

だが、もしかしたら私の美意識は日本人固有のものかもしれぬ。不変の石を穿って目に見える文化を築いてきた欧州人に比べ、たちまち朽ち滅びる木や紙の文化に生きてきたわれわれ日本人は、美の条件として死を要求する。今も年に数センチずつ、確実に沈みゆくヴェネツィア。過去の栄光の姿そのままに、確実に傾《かし》いでゆくダニエリ。それらの壮大にして緩慢な死は、理屈ではなく日本人の美意識に合致するのである。

ダニエリへの帰路を危ぶみながら、迷宮の路地をひたすら歩いた奥深くにその店はあった。知り合いから是非にと勧められたヴェネツィア家庭料理のリストランテである。

私は旅先でことさら日本食を渇望することはないのだが、通りいっぺんのホテルのメニューにはすぐに辟易《へきえき》してしまい、いわゆる地元B級グルメを夜ごと探し歩く。

運河に沿った小さな店である。クーラーはないが店の奥はオープンエアのテーブルであった。そこに座ると運河を折れ曲がりながら吹き寄せる風も快く、見上げれば館《パラーツォ》の空には星が溢れていた。

陽気な主人が言うには、「うちのメニューはヴェネツィア料理ではなく、ヴェネツィアのママンの料理」だそうだ。なるほど、お任せで次々と出てくる小皿は、どれも心のこもった味であった。

料理はおいしく、風は涼しかったのだが、ひとつだけ困ったことがあった。折からの暑さで運河には蚊が湧いており、半ズボンの私の足に群がるのである。

往生している私に、主人はおごそかな声で囁《ささや》いた。「あなたの悩みはたちまち解決します。こう見えても私は、大の日本通なのですよ」

驚くべきことに主人が取り出したものは、一箱の蚊取り線香であった。渦巻形を十本巧みに組み合わせ、リアルな鶏頭を描いた伝統的意匠の逸品である。私は毎年夏がめぐってくるたびに、日本の風土が生んだこの傑作商品に感心する。

私は思わず快哉を叫んだ。悩みがたちまち解決するのも嬉しいが、わが愛する蚊取り線香の思いもかけぬ登場は嬉しい。

ところが、私が料理に気を取られているうちにひどいことが起きた。足元からふいにメラメラと炎が上がったのである。ぎょっとしてテーブルの向こう側を覗《のぞ》くと、あろうことか主人は十巻の蚊取り線香をいっぺんに燃やしているのであった。しかも、焚《た》きつけにしているのは外箱である。

「ちがうって、どうちがうんですか」

と、主人は首をかしげた。誰から貰ったのかは知らぬが、おそらく「燃やして使う」としか聞いていなかったのであろう。要するに店主は、それが蚊を燻《いぶ》り殺すものではなく、炎の中に誘い殺すものであると考えていたらしい。

私はナイフとフォークを使って火を鎮め、店主に蚊取り線香の何たるかについて説明をした。夥しい煙に目を細めながら、店主はなんだかひどく感心していた。商品の価値についてではなく、どうやら「煙で邪を祓《はら》う」という東洋の神秘に感動した様子であった。

そんな笑い話を思い起こしてみれば、チャーチルと私の「世界一」が異なっていたところで何のふしぎもあるまい。

——原稿を書いている私の足元に小鳥が寄ってきてパンをせがむ。アルフレッド・ヒッチコックはこのラ・マモーニアのカフェテラスで、『鳥』の着想を得たのだそうだ。

だがこの数日、私の上には何の想も降り落ちてはこない。それもまた、非才ゆえではないのだと思うことにしよう。

キャビアは怖い

帰国便の搭乗案内を聞きながら、私はロンドンのヒースロー空港内を走り回っていた。

どなたも経験がある土壇場でのおみやげ探しである。

海外旅行のみやげ物はまことにわずらわしい。旅の途中で買えば荷物になるし、出張も回を重ねるたびに家族へのみやげ物は選択が難しくなる。で、帰国まぎわに免税品店を走り回る羽目になるのである。

海外出張のつどにみやげ物を買う律儀さはわれながらいじらしい限りだが、母、妻、娘、という女系家族の家長としては仕方がない。おみやげは真心とはほとんど関係のない義務であり、一種の強迫感すら伴う。

まずいことに、私はヒースロー空港に不案内であった。ヨーロッパに旅するときは、パリイン・パリアウトと決めているからである。ことにヒースローは広い空港内を歩かされるのがいやなので、入出国にはほとんど利用したことがなかった。

フライトの時間は刻々と迫る。「おみやげはないよ」と告げたときの、母妻娘の等しい落胆の表情が目にうかび、私はあせる。もはやそれぞれの趣味を斟酌している暇などない。できうれば、一個で全員のおみやげになるような都合のいいものはないか。そんなものはあるはずなかろうと思うそばから、実にもってこいの看板が目に飛びこんできたのであった。

キャビア・ハウス。

私は思わず快哉の声を上げた。わが家は全員が魚卵好きである。ために九州出張のおみやげはメンタイコ、北海道出張の折はイクラと決まっている。世界の三大珍味と呼ばれ、ころあいの高級感もあり、しかも全員の好物にちがいないキャビアを、それまでおみやげとして考えつかなかったのはむしろ意外なほどであった。

私はたちまちキャビア・ハウスなる専門店に飛びこみ、わが家のために二百五十グラム缶を、秘書へのみやげに五十グラム缶をそれぞれ買った。荷物にならぬというのがまたいい。ついでといってはなんだが、私の帰国を手ぐすね引いて待ち構えている担当編集者たちにも五十グラム缶を買って行こうと考え、十個ほど注文したのだが、あいにく同じ種類の在庫がないという答えが返ってきた。まあそういうことなら、あえて気遣いをする必要もあるまい。

冷蔵庫の中にズラリと並ぶ缶は色分けがされていて、いくつものランクがあった。こうした場合、私はまったく物を考えずに最上級を選ぶという悪い癖がある。いわゆる江戸ッ子気性で、寿司にせよ鰻《うなぎ》にせよ、松、竹、梅と問われれば「松」としか答えられぬのである。

かくて私は、数種類の中から「IMPERIAL」なる最上級ランクの大小二缶を購入し、あわただしくカードで支払いを済ませて帰国便に飛び乗ったのであった。

当然のことながら、魚卵に目のない家族は喜んだ。秘書も大喜びをした。これほど喜ばれるおみやげなら、やはり編集者たちにも買ってくるべきだったと悔やんだ。

キャビアの二百五十グラム缶というのは食いでがある。飯のおかずにならぬせいもあるのだろうが、いざ開けてみるとメンタイコやイクラの一樽《たる》ぐらいの食いでがあった。で、当初は家族四人でクラッカーの上にのせ、オニオンなどを添えて上品に食べていたのだが、しまいにはスプーンで丸食いをし、飽きてからは猫どもにくれてやった。九匹の猫はうまそうに一粒残らず平らげた。

事件が起こったのは翌月のことであった。

配達されてきたカード会社の請求書を一目見て、私の目はキャビアのような点になってしまったのである。

“CAVIAR HOUSE HOUNSLOW 1096 UNITED KINGDOM POUND”

千九十六ポンド。日本円換算で二十一万二千六百二十四円。

とっさに考えたことはただひとつ——店員が一ケタまちがえて勘定をし、私もレシートを確認せずにサインをした。

思い当たるフシはいくらでもあった。搭乗時間の迫っていた私は、あのときしきりに店員をせかせており、店員も相当にあわてていたのである。ドイツ、フランスと回ってロンドンからの帰国便に乗ったので、ユーロ換算は頭の中にあったのだが、とっさにポンドの計算ができなかった。

カード会社に電話をすると、絶望的な答えが返ってきた。

「たしかにキャビアが二十一万円というのは何かのまちがいという気もいたしますが、お客様がサインをなさいました以上は、いったんお支払いをしていただくことになります。後日、先方と確認をとりまして明確なまちがいが証明できましたときは改めてご返金はいたしますが、何ぶん忙しい免税店のことですので、ご納得いく回答が得られますかどうかはわかりません」

ごもっともである。かくなるうえはキャビア・ハウスの誠意に期待するしかあるまいと、私は肚《はら》をくくった。

はたして、イギリスからの誠意ある回答はわずか三日後に届いた。さすがはジェントルマンと頰《ほお》をゆるませたのもつかのま、私の目は再びキャビアのような点になってしまった。ファックスされてきた書類は「お詫び」ではなく、一枚の価格表だったのである。

“FRESH IRANIAN CAVIAR RETAIL PRICES” という見出しの下に、六つの

ランクのサイズ別価格が詳細に記されていた。最上級の「IMPERIAL」は紛うかたなく、五十グラム缶が百八十四ポンド、二百五十グラム缶が九百十二ポンド、合計千九十六ポンドであった。

早い話が、ロアーな出自である私はキャビアという食材の高貴さを知らず、メンタイコやイクラの親類としか認識していなかったのである。掌《てのひら》に載る程度の二百五十グラム缶が十八万円もすると知っていれば、どれほどあわてていても買うはずはない。たとえそれが家族の悲願であったとしても、ゼッタイに買わない。

不幸中の幸いといえば、たまたま在庫不足で編集者たちのみやげにできなかったことであろう。五十グラム一缶百八十四ポンド、つごう十缶で約三十六万円のみやげを、あやうく撒《ま》き散らすところであった。

ユーロ圏内のポンドは怖い。サインひとつのカードも怖い。キャビアのランクはもっと怖い。

それにしても、家族と秘書はともかくとして、猫に食わせたのはわが生涯の痛恨事であった。

小説家の午後

春の一日、丹羽文雄さんを送った。

いったいに小説家には短命の印象があるが、御齢百歳を以ての大往生と聞けば励みにもなる。まだまだこれからだぞ、と遺影からお叱りをちょうだいした。

算《かぞ》えてみれば私の祖父母と変わらぬお齢である。私が小説家を志したころにはすでに文壇の重鎮で、いくつかの作品は発表と同時に読むことができたのだが、文学少年にはわからぬ大人の小説であった。多くは後年になって読み返した。

当然のことながら会葬者の多くはご高齢であった。なんだか式場に紛れ入った文学少年のような気分になった。痛いのつらいのと言って編集者を困らせるのは、もうやめようと思った。

築地の本願寺を出て、丹羽さんの小説をあれこれと思い返しながら行くあてもなく歩き始めた。一日の大半を座机の前で過ごしているので、歩くことはたいそう気持ちがいい。ましてや駘蕩《たいとう》たる春の午後である。都合のよいことに、黒いスーツと白いシャツというのは近ごろの流行で、ネクタイをはずしてしまえば葬式帰りには見えない。

歌舞伎座の正面には、中村勘三郎襲名披露の大看板が出ていた。昨年『天切り松　闇がたり』の主演をしていただいたきりであるのを思い出して、楽屋をお訪ねしようかと足を止めたが、まさか葬式帰りにお祝いでもあるまい。

私の祖母は先代を贔屓《ひいき》にしていた。祖母に連れられて大向こうに上がり、芸達者な子役時代の当代に、「中村屋ッ!」と声を掛けた記憶もあった。掛け声の間合は、祖母が私の膝を叩いて教えてくれた。その孫の書いた小説を、十八代目を名乗った当代が演じてくれているのだから、冥土《めいど》の祖母もさぞかし自慢であろう。

役者はその名跡とともに、家伝の芸を忠実に引き継ぐ。小説家にそうしたうるわしい伝統はないが、もしかしたら私の芸の中にも、丹羽さんから引き継いだものがいくらかでもあるのかもしれないと思った。

夜の会食までは時間があった。まことに稀有《けう》な小説家の午後である。

何をしてもよい、という夢のような数時間を与えられたのだが、あろうことか苦労性の私は、選考委員を務めているさる文学賞の候補作を、どこか静かなところで読もうと考えた。多くの人々が憧れているにちがいない自由業の実態は、こういうものなのである。神様からもらった奇蹟《きせき》のような自由時間も、ほとんど強迫的に仕事で埋めてしまう。

正しくは不自由業と言うべきであろう。

このごろでは銀座の街なかに、静かな喫茶店などなくなってしまった。探し歩きながらたどり着いたのは、日比谷の帝国ホテルであった。階上のラウンジで候補作を読もうと思った。

ところが、ホテルに入ったとたんに私は踵《きびす》を返した。かねて見知った人の顔を、ロビーのあちこちに発見してしまったのである。

うっかり忘れていたのだが、その当日は帝国ホテルのバンケットホールで、岡部幸雄ジョッキーの引退記念パーティーが行われるのであった。欠席の返事を出した会場に、のこのこやってきてしまったというのだから間抜けな話である。

もっとも、欠席の不義理は致し方なかった。偉大な騎手の新たな門出に、まさか葬式帰りはまずかろうと思い、遠慮したのである。

岡部騎手は二千九百四十三勝という大記録を残してターフを去った。騎手生活三十八年、五十六歳。まさに脱帽というほかはない。

昨年のジャパンカップの帰りに、食事をしながらこっそり騎乗の依頼をした。それまでは機会を得なかったのだが、岡部騎手に持ち馬の手綱を握ってもらうのが、私の積年の夢だった。思えば私が馬券を買い始めた三十五年前、岡部さんは紅顔の若手ジョッキーだった。

寡黙な名騎手は私の希《ねが》いにはっきりと肯《うなず》いてはくれなかった。答えるかわりにジャパンカップでふるった鞭《むち》を、その場で私に贈って下さった。

そのときは有難いものをいただいたとしか思わなかったが、ほどなく引退の報《しら》せに接した。名人は技倆《ぎりょう》ばかりか、なすことのすべてがおのずと美しい。

そうこうして銀座に居場所を探し求めるうち、おのれがどんどん卑小なものに思えてきた。丹羽先生の文章と、勘三郎丈の舞台と、岡部騎手の手綱さばきが、自由なはずの小説家の午後を埋めつくしてしまったのだった。

会食までにはまだ間があったが、あてどをなくした私の足は料亭に向いていた。

料亭は金春《こんぱる》通りのビルの中である。その前まできて、先方の迷惑を考えた。まだ陽の高いうちから座敷に上がられて、仕事場がわりに使われたのではたまるまい。

すると、都合のよいことには、そのビルの向かいに湯屋《ゆうや》があった。銀座のまんまん中に今も頑張る「金春湯」である。たしか幼いころ、祖母と一緒にこの銭湯につかったことがある。祖母という人は大の風呂好きで、ところかまわず出先の湯屋を使う癖があった。

私はためらうことなく暖簾《のれん》をくぐり、タオルと石鹸《せっけん》を買って金春湯の客になった。おそろしく熱い江戸前の湯であった。銀座もすっかり様変わりし、おかみさんも老いてはいたが、身じろぎもままならぬその熱さだけは昔のままだった。いつしかぬるま湯に慣れてしまった肌を私は恥じた。

真っ赤に茹《う》だりながら祖父母を思った。祖父も祖母も、今さら私の真似ようがない江戸ッ子だった。

湯上がりにふと思い立って、資生堂のパーラーに行った。たしか金春湯の帰りに、祖母がそこでアイスクリームを食べさせてくれた。

もちろん資生堂は往年の姿をとどめず、おしゃれなビルに建てかえられていたが、伝統のアイスクリームの味は変わっていなかった。

湯にあたっていつまでも引かぬ汗を拭いながら、ぼんやりと銀座のたそがれを見おろした。

(おまい、なにボヤッとしてるんだね。シャンとしない)

祖母の声が、耳に甦《よみがえ》った。

自由で不自由な小説家の午後はようやく終わった。

なんとなく長い旅から帰ったような気分で、私は金春通りのビルに納まった料亭に向かった。

小座敷には、いつか私を送ってくれるにちがいない若い編集者たちが待っていた。

ペンネーム

役所や銀行の窓口で本名を呼ばれ、しばしば気付かぬことがある。それくらい、生まれ持った名前と疎遠になってしまった。

郵便物や宅配便も、ほとんどは「浅田次郎」というペンネームで配達されてくる。旧友と親類を除けば、付き合いのある人々の全員がこのペンネームで呼びかける。「浅田次郎」としての日々が積み重なるほどに、本名は私の日常から乖離《かいり》してゆく。人生から、と言っても過言ではない。

それにしても、ぞんざいな命名である。よく言えばシンプルで嫌味のない名前ではあるけれど、もうちょっと考えてもよかったのではなかろうかと、つくづく思う。ちなみに、私の本名はペンネームよりよほど小説家にふさわしい。

「浅田次郎」なる名前を初めて称したときのことはよく覚えている。まったくの思いつきで、ペロリと口に出した名前であった。猫の名を付けるときのほうがよほどまじめに考える。まさかのちのちこの名前が独り歩きを始めるなどとは思ってもいなかった。

当時私は雑誌のライター稼業に精を出していた。小説家になりたいのだが、小説を書かせてもらえないのだから仕方がない。ただしあんがい手先が器用なので、注文に応じたさまざまのテーマを書き分けることができた。インタヴューでも書評でも、風俗ルポでも裁判傍聴記でも競馬の予想でも、何でも書きますというのだから重宝なライターである。

したがって、記名原稿の場合はそのつどちがうペンネームを使用していた。どれも当該記事にお似合いの適当な名前であった。

あるとき、某誌から「極道エッセイ」という注文がきた。抗争事件が頻発していたころのことで、ヤクザの日常生活やら事件の解説やらを、インサイドの人間になりきって書いてくれ、というわけである。

連載であるからペンネームを考えねばならなかった。とりあえず第一回目の原稿には、「花田秀次郎」と書いた。健さん演ずるおなじみ「唐獅子牡丹《からじしぼたん》」のヒーローの名前である。ところが校了当日に編集部からの緊急電話が入り、やっぱりこの名前はまずいと言われた。即座に代替案を考えねばならぬのだが時間がない。

たまたまそのとき、さる出版社からケンもほろろにつき返された小説のボツ原稿が、机の上に置いてあった。長い刑期をおえたヒットマンがシャバの日常になじめず、あらゆるものに畏怖《いふ》したあげくオカマと恋に落ちるという、どうしようもない小説である。

その物語の主人公の名前が、「浅田次郎」であった。

そもそも考えて付けたヤクザの名である。奇《く》しくも「花田秀次郎」と三文字を同じゅうする。で、私はとっさに受話器をとり、これにしましょうと伝えてしまった。

かくして、ボツ原稿の主人公は原稿用紙から這《は》い出し、あろうことか作家に憑依《ひょうい》して歩み始めたのである。余談ではあるが、このボツ原稿に使用したペンネームは「木戸孝之介」といい、のちに『プリズンホテル』という小説を書くにあたって、主人公の偏屈な小説家として原稿用紙の中に封じこめた。怨霊《おんりょう》に一矢むくいた、というところであろうか。

さて、かくかくしかじかまことにいいかげんな命名ではあったが、この連載エッセイのシリーズがけっこう好評で、ついに単行本として上梓《じょうし》の運びとなった。いったん本の背中に立ってしまえば、まんざらでもないという気もした。やがてエッセイに注目して下さったいくつかの出版社から、小説のオーダーもいただいた。ただし、「極道小説」の制約付きである。エッセイだろうが小説だろうが、オビに「極道」の二文字が付けば、私のペンネームはまことに据わりがよかった。

しばし悩んだのは、極道ものから脱却して『地下鉄《メトロ》に乗って』という妙にまじめな小説を書いたときであった。何しろヤクザの登場しないノーマルな小説である。書きながら手応えを感じたので、「浅田次郎」はまずかろうと思い、なおかつカツラを冠《かぶ》るなら今しかあるまいとも考えた。しかしペンネームもハゲも、すでに属性としての少なからぬ愛着を感じていたので、現状維持と決めた。かくしてボツ原稿から這い出て憑依した怨霊は、作者のうちに腰を据えたのである。

のちになって私は、よしあしは別としてこの名前の利便性に気付いた。

まず第一に、書店の棚で探す手間が省ける。小説はどこの書店でもアイウエオ順の著者名で配列されているから、棚の左上を見ればよいのである。芥川龍之介の隣、というのもなんとなく気分がよい。

第二に、字画が少ないのでサインが簡単である。まさかデビュー前はこれっぽっちも想定していなかったのだが、新作が上梓されたときに行われるサイン会はなかなかの大仕事で、その数は最低でも五百冊、かつて多いものは五千冊を超えたこともあった。これがもし「浅田次郎」ではなく、「武者小路實篤」であったら、など考えれば、思いつきとはいえわが名に感謝することしきりである。

一方、ふたつの名前を持つ不便といえば、飛行機を使う旅であろう。

プライベートな旅はほとんどない。したがって国内線の場合は担当編集者や仕事の関係者が、エアチケットの手配をしてくれる。ということは、当然ペンネームでの搭乗である。

セコい性格の私は、他人からタダでもらったチケットも、シメシメとマイレージに登録しようとするのであるが、カードは本名でチケットはペンネームであるから、これが入らない。その瞬間「シメシメ」が逆転して、ものすごく損をした気分になる。こうした際には、後日チケットの半券を郵送すれば登録してもらえるそうなのだが、こちらには他人のお金でマイレージを貯《た》めているという背徳感もあるので、面倒というよりさすがにそれは気がとがめる。

国際線の場合はパスポートネームであるから、確実にポイントとなる。しかもデカい。「ちょっと免税店に行ってくる」とか言ってラウンジを脱け出し、遠いゲートの登録機まで歩いて、クックッと笑いつつポイントをわがものとする。先日はこの決定的瞬間を編集者に発見され、進退きわまった。かつて秘蔵のポルノグラフィを娘に発見されたときでも、あれほどはうろたえなかった。

ふと思うに、結婚をして姓の変わった女性には、役所や銀行の窓口で名を呼ばれても気付かぬというこの感覚を、わかっていただけるのではあるまいか。幸福の結果であるとはいえ、生まれついて親しんだ名前が彼岸のものとなるのは、やはり淋《さび》しい。

両親が心をこめて名付け、恋人やクラスメートが呼んでくれた私の名前は、どこに消えてしまったのであろう。忘れたわけではないが、今は川面《かわも》の闇に流れゆく精霊の灯のように、遥かな光になってしまった。長い間、あれほど苦楽をともにしたというのに。
仕方がない。私は小説と結婚したのだから。

夜の竪琴

一年に二度、函館に行く。一度は夏の競馬観戦で、もう一度は空気の澄み渡った真冬に、思い立って函館山からの夜景を見に行くのである。

地元の弁によれば、世界の三大夜景のひとつであるという。俗に「世界三大〇〇のひとつ」「日本三大〇〇のひとつ」という言い方は多いが、おおよそは観光客誘致のために、地元で勝手に作り出した文言であろう。だとしても、函館山から見おろす夜景は、さもありなんと思えるほど美しい。

ちなみに、「世界三大夜景」のそのほかのふたつは、香港とナポリだそうだ。どちらもたしかに美しいが、難を言えばビクトリア・ピークから眺める香港の夜景はネオンの文字がうるさく、長い海岸線に沿って光のつらなるナポリは、どこにでもある平凡な港町の夜景にすぎない。その点、南北の海が両側から弧を描き、細やかな街の灯が宝石をちりばめたように拡がる函館山からの夜景は、掛け値なしに美しい。地形そのものが、実にユニークなのである。

その夜景をまだ見ぬころ、空港から利用したタクシーの運転手に、「香港、ナポリと並ぶ世界の三大夜景です」と大まじめに勧められ、私は失笑した。なんとなく、「楊貴妃、クレオパトラに並ぶ世界の三大美女・小野小町」というふうに聞こえたからである。

ところがその夜、お勧めに従って登った函館山で、私は失笑の無礼さに気付いたのだった。

それまで私が函館と聞いてイメージするものは、「ローカル競馬」「五稜郭《ごりょうかく》」「北島三郎」「いかソーメン」の順であった。しかし以来すっかりこの夜景の虜になり、年に一度はこれを見なければ気がすまなくなってしまった。

函館山は市街を一望に見おろす岬の突端に聳《そび》えている。ロープウェーで頂に登れば、緯度の高いせいか常に仰ぐそれよりもいくらか青みをたたえて見える夜空が、頭上に豁《ひら》ける。両脇を海に括《くび》られた函館の街は、まるで群青色の古代の壁に立てかけられた、螺《ら》鈿《でん》の竪琴《たてごと》である。

繁多な日常に心が荒れすさんだときなど、その夜景はたちまち私を神々の物語に憧れた少年に立ち返らせてくれる。幸い今では、「はるばる来たぜ」というほど遠い場所ではない。

ところで、初めて函館の夜景を見たとき、私はおのれの愚かしさにも気付いた。いわゆる世界三大夜景のうち、香港もナポリもすでに見ていたのに、四十を過ぎるまで函館のそれを知らなかったのである。

私に限らず、こうした手合いはあんがい多いのではなかろうか。一ドルが三百六十円の固定レートで、海外旅行が壮挙であった昔はともかく、若い世代には香港もナポリも見たが函館は知らない、という人が多いのではなかろうか。

で、そのときも同行の若い女性編集者に訊ねてみた。答えは即座に返ってきた。

「これで世界三大夜景はぜんぶ見たことになります」

私と同じである。つまり香港よりもナポリよりも、彼女にとって函館は遠いところだった。

「感想は？」

「ナンバーワンですね」

これも私と同じである。つまり世界一とは言わぬまでも、香港やナポリより感動的な母国の夜景を、私たちはそれまで知らずにいた。

海外旅行も回数を重ねると、まったく根拠のない優越感を抱くようになる。自分は他人より見聞が広いという錯覚に陥る。だから私たちはタクシーの運転手から一見を勧められたとき、思わず失笑を洩らした。たかが日本の夜景など、香港やナポリと較ぶるべくもあるまいと、とっさに考えたのである。

世界通の日本知らずが多くなった。今や地球上のどの国にも例を見ない、国民的矛盾と言えるであろう。

もっとも、この矛盾の説明は簡単である。国内を旅するよりも、海外旅行のほうが安上がりなのである。パックツアーや格安チケットを利用すれば、たった十万円で全アジアやアメリカに行ける。二十万円あれば世界中で行けないところはないと言ってもいい。

具体的には、「思い立って函館の夜景を見たい」と出かければ、航空運賃に湯の川温泉の宿代、朝市の海鮮丼におみやげを買うとすると、驚くなかれ「アメリカ西海岸四泊六日・グランドキャニオンツアー付き」よりも高くなってしまう場合もある。

すなわち、「アメリカは北海道より近い」という超数学が、「世界通の日本知らず」という国民的矛盾になった。

ましてや近ごろでは、高校の修学旅行が海外というケースも、当たり前になってしまった。もしかしたら、ナポリはともかくとして香港の夜景を見た日本人の数は、すでに函館のそれを上回っているかもしれない。

日本を知らぬ日本人が世界を語る日がやがてくる。ナショナリズムを知らぬ国民が、インターナショナルを語るのである。これほど単純でとりとめようのない亡国のかたちを、回避する方法はないものであろうか。

楽屋話をすると、たまたま函館の夜景を見ることになったそのときの旅は、拙著『壬生義士伝』の取材旅行であった。函館は新選組終焉《しゅうえん》の地である。

函館山で抱いた思いがけぬ感慨が、望郷の思いに姿を変え、長い小説の背骨になった。ふるさととはかくも美しいものだよと、函館の夜の竪琴が、忘れかけた調べにのせて私に諭し聞かせてくれたような気がする。

大都会のネオンの下に生まれ育ったせいか、かくいう私は夜景マニアである。

同好の士はさぞ多かろうが、しごく個人的な採点による「世界の三大夜景」を紹介しておこう。ただし函館は語りすぎたので別格例外とする。

まずはクリスマスシーズンのパリ。コンコルド広場からシャンゼリゼにかけてのイルミネーションは、まさにこの世のものとは思われぬ。

次に真夜中のストラトスフィア・タワーから見おろす、眠らぬラスベガスの夜景。果実の山をあちこちに盛り上げたようなオールカラーは、圧巻の一語に尽きる。

そして、ブルックリンから眺めるロアー・マンハッタン。こちらはパリの華やかさともラスベガスのオールカラーともちがう、静謐で壮大なモノクローム。いわば光と影の形造る、夜景の傑作である。先ごろの不幸な出来事で巨大な二本の柱が失われても、その美しさはいささかも変わらない。

第二回修学旅行

過日、箱根の仙石原で開催された、母校の同窓会一泊旅行に参加した。私の最終学歴は、この高校である。今の世の中はなぜか高校を学歴として認めないが、私は母校が自慢なので、著書などの経歴にもなるべく記載するようにしている。

五十を過ぎても、この学校の同級生たちは気持ちが悪いほど仲が良い。何しろ昨年だけで、同窓会が七回である。今年になってからも、祝儀不祝儀に託《かこつ》けてすでに三回も寄り集い、そのつど杯盤狼藉《はいばんろうぜき》の限りを尽くし、四度目は飽きたから温泉にでも行こうという話になった。バンカラの男子校ならいざ知らず、共学の高校でこうした次第はまず珍しかろう。

要するに、在学中もたいそう仲が良かった級友たちが、いまだに三十年の時空を飛び超えて仲良しだらけなのである。非情なる世間の常識を考えれば、奇蹟を見るがごとくである。

ふつう、五十代の同窓会なるものは、たとえばホテルのバンケットルームかどこかで年老いた恩師を囲み、近況報告とか名刺の交換とか、相当の儀式性を帯びて行われるものであろう。むろん、年齢的に人生の正念場でもあるから、スピーチや名刺は重要な情報源でもある。

ところがわが母校の場合、近況報告どころか、たがいがウンザリするほどそれぞれのプライバシィを知っている。年に七回も会っているのだから当然である。そのつど北海道の単身赴任先から出てくるやつがいるのだから驚く。たぶんそいつは、女房子供と会っている日数よりも級友と飲んでいる晩のほうが多い。

恩師を招こう、などという話は冗談にも出ない。なんとなく、その昔学校の帰りに新宿の喫茶店に屯《たむろ》したノリで、この場に教師などとんでもないのである。

まあ、先生方には申しわけない気もするが、考えようによってはこういう学校を、「名門」というのであろう。

箱根行に際しては、「適当に集合」という幹事命令が、インターネットおよび緊密なる携帯電話連絡網で流された。一学年分の巨大ネットワークの中には、自然発生した小グループが存在し、この瞬間に起動するのである。

同窓会への参加は誰にとってもプライオリティの第一位でなければならず、要するに亭主や女房の都合も、子供の飯の仕度も、株主総会も工期も納期も、もちろん原稿の締切も不参加の理由にしてはならない。

酒の飲めぬ私は、常に同窓会の「アッシー」である。この日も七人乗りのワゴン車を駆って、仲良しグループの集合場所である三鷹駅に向かった。

いつも感心するのだが、さほど勉強はせずに学校とディスコを往復していた江戸ッ子高校生は、五十一と五十二になってもいまだにオシャレである。日本人の中年男女が最も不得意とするはずのカジュアルファッションが妙に垢抜《あかぬ》けている。

かくて、ワーワーキャーキャーと騒ぎながら、ワゴン車は一路箱根へと向かった。

ちなみに、友人たちは私が小説家であるなどとは誰も思ってはおらず、「浅田次郎」というペンネームすら気味悪がられている。

道中、ルームミラーの中で友人たちの顔を見ながらふと考えた。

どうやら私も彼らも、時の移ろいというものを信じていないらしい。みんなが十八歳のまま、時計を止めている。だからたがいの会話からは、職場や家庭のことがきれいさっぱり欠落している。それでも話材に事欠かないのだから、異常な仲良しというほかはあるまい。

霧の乙女峠にさしかかるころ、ジジババを満載した別の一台が後を追ってきた。

突然降って湧いた企画にもかかわらず、そっくり一クラス分が集合した。コテージを一棟借り切っての大宴会の前に、この正月に亡くなったTに黙禱《もくとう》を捧げた。

Tは魚河岸の若大将で、もし元気であれば鮪《まぐろ》を一本担いできただろうと、みんなで笑いながら嘆いた。

宴たけなわの夜更け、ケーキ屋のMが車を飛ばしてやってきた。どうしても店を閉めるわけにはいかないそうだ。すまんすまんと言いながら、Mは巨大な箱をテーブルの上に置いた。

Mの手作りの、超特大デコレーションケーキである。苺《いちご》の輪の中には、「祝第二回修学旅行」と書かれていた。

Mは疲れ果ててソファで眠り、翌《あく》る朝誰も気付かぬうちに、店へと戻ってしまった。

ところで、この宴会中に面白い提案が出た。来年は二泊三日で沖縄に行こうというのである。期日と宿だけを決めておいて、あとは適当に集合。

再来年は三泊でグアム、その翌年は四泊のハワイ、という具合に、毎年距離と日数を延ばしていく。はたして同窓会のプライオリティを、それぞれがどこまで堅持できるかという試練である。

計算上、六十歳の還暦記念修学旅行は、「パリ凱旋門の下に、適当に集合」ということになった。

冗談のようで、たぶん実現するであろうという予感はある。もしこうした企画が毎年実現されていくとしたら、理想の団体旅行といえるのではあるまいか。職場や組合の旅行が衰退して久しいが、つまるところそうした旅には、懇親や慰安といった立前とはうらはらの、利害や思惑が多少は潜んでいるのであろう。心から楽しむことができなければ、旅はともすると苦痛ですらある。

翌る日は、それぞれのグループに分かれて観光をし、東京へと帰った。これもまた、「適当に解散」である。私の仲間は、なぜか「箱根知らずの江戸ッ子」ばかりであったので、大涌谷《おおわくだに》から芦《あし》ノ湖《こ》観光船という、おそろしくベーシックなコースをたどった。

前の晩はほとんど眠っていないのに、東京に帰りつくまで誰もがはしゃいでいた。たしかに十八歳なのである。この旅行が待ち遠しくて、実は三日前からろくに寝ていない、というかわいい主婦もいた。まさに十八歳である。

ひとりひとりを、家の近くまで送った。どういうわけかみな、「家の前」ではなく「家の近く」なのである。

その気持ちはわかる。つかのまの夢から醒《さ》めて、五十二歳の生活へと戻るのだ。夢と現《うつつ》とを交錯させないのは、家長として、主婦としての立派な見識であろう。

車から降りると、誰もがすっと背筋を伸ばして、家の灯に向かっていった。降ろした一人の分だけ、車内は淋しくなった。

たそがれの並木道で、最後のひとりと別れた。
ルームミラーに白いてのひらが翻る。青春が遠ざかってゆく。

森の精霊

朝っぱらから物語に倦《うん》じ果てて庭いじりをしていると、森の奥から人が歩いてきた。いかにも別荘で悠々自適の日々を送る、品のいい老紳士である。縁なし眼鏡をかけたおもざしは、どこか先帝の龍顔を偲《しの》ばせた。

私は草を毟《むし》る手を止めて立ち上がり、軽井沢の礼儀に則《のっと》って「おはようございます」と微笑《ほほえ》みかけた。

老人はなんだかひどく偉そうに、「やあ、おはよう」と答えた。それから若葉のまばゆい梢《こずえ》を見上げて、妙なことを言った。

「これは珍しい。おさんしりふりが来ておるね」

「は？」と私は首をかしげた。

「ほれ、あそこの辛夷《こぶし》の枝だよ。うん、たしかにおさんしりふりだ」

どうやら鳥の名であるらしい。辛夷の葉叢《はむら》は厚く、姿を認めることはできなかったが、たしかに「オサン、シリフリ」と聞けなくもない囀《さえず》りが耳に届いた。

振り返ると老人の背中は、朝靄《あさもや》の林道に消えかかっていた。「おさんしりふり」もどこかに行ってしまった。

不明を捨ておけぬ性分の私は、たちまち書斎に入って図鑑やら歳時記やらを調べたが、「おさんしりふり」なる鳥を見出すことはできなかった。わからぬことがあると気になって仕方がないのである。子供の時分から学問の要領をわきまえなかった。ためにその日は「おさんしりふり」のせいで筆がいっこうに進まなかった。

翌《あく》る朝はまだ暗いうちから起き出して、前日の遅れを取り戻さんと机に向かった。「おさんしりふり」は忘れていた。

窓を開けて一服つけようとすると、森の奥から老人が歩いてきた。書斎を見上げ、今度は向こうから「やあ、おはよう」と言った。なんだかものすごく悪い予感がした。「おさんしりふり」を思い出させてほしくはなかった。幸いその名は出なかったのだが、老人は歩いてきた林道の先にステッキを振り向けて、また妙なことを言った。

「そこの谷地《やち》に、すいすいごんぼうが出ておる。あれはなかなかうまいよ。取ってくるがいい」

「は?」と私は首をかしげた。

「すいすいごんぼうだよ。知らんのかね」

私は知ったかぶりのできぬたちである。わからないものは、たとえ恥だと思ってもわからんと言う。

「ほんとうに知らんのかね。いやはや――」

いやはやどうだというのだ、と思う間もなく老人の姿は朝靄の中に消えてしまった。

締切が刻々と迫っているというのに、私は再び仕事を中断するはめになった。小川の流れる谷地に向かい、たぶん美味なる野草と思われる「すいすいごんぼう」を探した。まったくあてどもない捜索だが、イメージとして「すいすい」は水辺で、「ごんぼう」は牛蒡《ごぼう》、すなわち水辺に群生する根菜類であろうと推理した。しかしそれらしきものは見当たらず、書斎に戻って図鑑や百科事典を調べても、「すいすいごんぼう」を発見することはできなかった。

かくてこの日も筆は遅れた。

翌日はいよいよ締切日ということもあって、庭にも出ず窓も開けずに、せっせと仕事をした。「おさんしりふり」も「すいすいごんぼう」も忘れていた。それどころではなかった。

ところが、やはり朝靄の立つ時刻に「浅田さん、浅田さん」と名を呼ばれた。あの老人の声だった。表札を見たのか、それともかねてより私の所在を知っていたのか、ともかく無遠慮な呼び方だった。

よほど居留守を使おうかと思ったが、私はカツラを冠《かぶ》らぬのと同じ理由から、そういうことのできぬ性分であった。声のかかった方向の南側の窓から見おろすと、老人は栗《くり》の巨木の根元の、私が日ごろ大切にしている苔庭《こけにわ》に佇んでいた。苔は踏んだほうがよいので立ち入ることはかまわないのだが、そこはわが家の敷地内である。不愉快であった。

「おはようございます」

私は憮然《ぶぜん》として言った。とたんにまた悪い予感が兆《きざ》した。

「やあ、おはよう。ところで、先日このあたりで、けさらんぱさらんを見たのだが、お気付きになられたか」

「は?」

「けさらんぱさらんだよ。僕はあれが好きでね。どことなく愛らしいじゃないか」

「あのう、なんでしょうか。その、けさら……」

「ええっ、あなたはけさらんぱさらんも知らんのか」

老人は何もそうまで驚くことではなかろうにたいそう驚き、侮蔑的な目で私を睨み上げ、もし思いすごしでなければ、「よくそんなことで小説など書けるな」というような顔をした。

「やれやれ」と、老人は溜息をつきながら朝靄の小径《こみち》を去って行った。

もはや調べる気にもならなかった。「おさんしりふり」も「すいすいごんぼう」もわからぬのだから、「けさらんぱさらん」のわかろうはずはなかった。

老人の口ぶりから想像するに、「けさらんぱさらん」は愛嬌《あいきょう》のある小動物か昆虫であろうか。いや、花かもしれぬ。

私は鉛を吞んだような気分で机に向かい、常にない苦吟を重ねつつ、ようやく締切分の原稿を書き上げた。

人類が言葉を持ってから、いったいどれくらいの歳月が経つのだろう。気の遠くなるような時間の中で、言葉は堆積《たいせき》し変容して、私たちの声と文字になった。

私はその言葉による表現をなりわいとする小説家である。むろん職業がら、それなりの自負もある。だがこの一件以来、言葉に対する自信が怪しくなった。

老人はそののち、二度と姿を現さなかった。本宅に帰ったのか、どこか体調でも崩したのか、それとも人をからかうのに飽いたのか。

などとさまざま思いめぐらしているうちにふと、あの老人は森の精霊なのではないかと思った。太古の森で、これからは諍《いさか》わぬよう語り合うて暮らせと、猿たちに言葉を授けた精霊ではないか、と。

だとすると私は、謙虚たれと諭されたのかもしれぬ。

いや、考えすぎるのはよそう。言葉の囚人《めしうど》として私が考えねばならぬのは、「おさんしりふり」「すいすいごんぼう」「けさらんぱさらん」の響きの愛らしさ美しさと、その実体の何たるかである。

現代着物考

京都のタクシーの車内に、嬉しいサービスが告知してあった。

着物でご乗車のお客様は運賃が一割引き、という主旨である。

わが国固有の文化が日に日に喪失されんとする昨今、何というしゃれたサービスであろうか。これが東京であれば、着物を着ている人がほとんどいないから意味はない。京都であるからこそ実効性の高いサービスといえる。伝統文化の維持に寄与する商業的なサービスなど、私はかつて例を知らなかった。

しかし困ったことがある。私はそのときたまたま、作務衣《さむえ》を着て外出していたのであった。作務衣を着物の範疇《はんちゅう》に入れるかどうか、この判定は微妙である。

「あのう、つかぬことをお訊ねしますが」

セコい性格をなるたけ悟られぬように、私はドライバーに訊いた。

「着物は一割引きというこのサービスなんですけど、明確な基準があるのでしょうか、それとも運転手さんの主観的判断によるのでしょうか」

ドライバーはルームミラーの中で私の身なりを確かめてから、如才ない口調で答えた。

「ああ、作務衣どすな。それは着物の仲間いうことにせえて言われてます。せやけど夏の甚兵衛《じんべえ》はあきまへんのんや」

なるほど、いちおうの基準は定められているらしい。しかし作務衣と甚兵衛のちがいとなると、微妙のうえにも微妙であろう。ちなみに私は、座敷に文机を据えて読み書きをするので、着物か作務衣が日常着である。当然酷暑の季節には甚兵衛を愛用する。作務衣と甚兵衛のちがいは、裾丈《すそたけ》だけのような気がするのである。

「ふむ。そういう微妙な基準があるとすると、主観的判断を迫られることもあるでしょうね」

と、私は面白半分に訊ねた。何につけてもプロの体験談は興味深い。案の定、待ってましたとばかりにドライバーは話し始めた。

「坊さんはみな一割引きになってしまいますやんか。京都いうたらあんた、坊さんがようけいてはりますさかい。そんでな、着物が一割引きやのうて、坊さんが一割引きや思てるけったいな坊さんがいてますのんや。背広着て祇園《ぎおん》に飲みに行かはった帰りに、わては坊主やさかい一割引きやろ、などと言わはりましてな。そこまでサービスはでけしません」

やはりプロの体験談は面白い。もう少し聞けばエッセイの一回分であろうと考え、私はさらに水を向けた。

「そや、こんなんもありましたで。秋のかかりに大学の武道大会みたいなものがありまして——」

おお、これは話の先を想像しただけでおかしい。

「あのときばかりは運転手の主観的判断ですわ。体育館に無線で呼ばれて、乗って来ィはったお客さんが汗の臭いのプンプンする剣道着や。学生さんやさかい、一割引きや一割引きや言うて喜んではった。まあ、剣道の稽古着いうたら袴《はかま》まで着けてはりまっさかい、着物いうことでよろしおすな。ところが——」

ところがどうした。だいたい想像はつくが、私としてはディテールを聞きたいのである。

「またじきに無線で呼ばれましたんや。ほんで、今度はみなさんトレーニングウェアを着てはったんやけど、まだひとり乗れるでェ言うて最後に飛び乗って来ィはったのが、柔道着のまんまやった。大学までて言わはってから、割引きの広告に気付きましてな、こいつは着物やさかい一割引きでええやろ、言わはるわけや。さあ、どないしよ。会社に聞くのもあほくさいし、剣道部が割引きで柔道部が通常料金いうのも変でっしゃろ。ほんでまあ、主観的判断によりましてな、一割引きいうことにしました」

プロの判定はなかなか賢明である。これらはドラマチックな例であるが、日常生活に密着した場面では、より精妙な判断を迫られることがあるという。

「京大の病院から、退院する患者さんを乗せましてん。酸素ボンベ担いではりますのんや。ほんで、付き添いがやかましいばあさんで、ガウンの下はパジャマやのうて浴衣やさけ一割引きやろ、とこうですわ。まあ、相手はご病人やし、それならそれでかめへんのやけど、言い方が癪《しゃく》にさわりましてな。そらお客さん、浴衣やのうて寝巻やさかいあきまへん、とお断りしました」

主観において断ることもままあるのである。このあたりもプロの呼吸だと、私はいたく感心した。

「太秦《うずまさ》の撮影所で、カツラまで付けたお侍さんを乗せたときは気分がよかったなあ。文句なしやさかい。何やら昔の駕籠《かご》かきになったような気がしましてな。あとは、そうやね——祇園祭のあたりは袢纏《はんてん》やら裃《かみしも》やらの氏子さんを乗せまして、これもオーケーですわ。芸者さんや舞妓さんも文句なしや。ほんで、祇園のお茶屋さんで降ろして、花見小路を少し行ったら、場外馬券売場の前で普段着の上にちゃんちゃんこ着ィはった、怖い感じのお客を乗せてしまいましてな。いくら何でもちゃんちゃんこはあきまへん。何か言いたそうやったけど、何も言わんと降りてくれはりました。あんときはホッとしたなあ」

そうこうするうちに、タクシーは宿に到着した。一割引きどころか、一割増しのチップをはずみたい気分であったが、せっかくのサービスであるから話の種にもなろうと、甘えることにした。江戸ッ子はあんがいセコいのである。

考えてみればサービスなるものの正体は、需要と供給のアンバランスを埋めようとする企業側の理由によることがほとんどなのだが、まったくの客の事情、それも「着物を着ている」という個人的実情に対して、料金の一割引きをするこのサービスはまことに見上げたものである。

ところで、このごろ着物で過ごすことが妙に気持ちよく思えてきたのは、齢のせいであろうか。着慣れてしまうと誰でも得心するのだが、着物は夏に涼しく、冬は存外暖かい。日本の気候風土にはぴったりの民族衣裳《いしょう》であると感心することしきりである。

現代社会にそぐわぬ唯一の欠点は活動に適さないことであるが、これも物は考えようで、着物を着ていると自然に歩幅が狭くなり、前さばきを気にするので内股《うちまた》になる。つまり物腰が上品になるのである。

個人的な問題は小説家という職業で、いくら好きでも着物で外出すれば「いかにも」であるから、かえって覚悟がいる。たぶん小説家でさえなければ、私はどこに出るにも着物を着て行くだろうと思う。

いつか照れも恥ずかしさも感じなくなったなら、きっといい小説が書けるにちがいない。世の中の表層がどのように変わっても、私は美しい日本の風土の中で、日本の言葉による日本人の物語を書いているのだから。

黄門伝説

小説家はいわゆる文化人に分類されるであろうから、わが国の文化の尊厳のためにこれだけは書くまいと思っていたのだが、読者のつれづれなるひとときには有効であろうと信じて、勇躍筆を執ることにした。

自宅の近所の街道沿いに、ある巨大な看板が立っている。白地に黒の太文字で、「多摩肛門科」と縦に書かれており、電話番号のほかに余分な添え書きは何もない。実に潔い。義のあるところ火をも踏む、という決意さえ感じさせる大看板である。

私は痔主であるから、この看板の下を通るたびに神の顕現を見たかのような感動をする。ただし、まだこの医院の世話にはなっていない。ここまで堂々たる看板を出すからには、お寺でいうなら大本山格の名医であろうし、私のごとき小痔主など相手にされないのではなかろうかと思うのである。

ということは、話はこれで終わってしまう。紙数は余る。終わるはずはないのである。

ほとんど毎日のように、私は街道沿いのこの大看板の下を通るのだが、あるとき車の運転をしながらふと魔が差して、あらぬ想像をしてしまった。

多摩肛門科があるのなら、茨城県の県庁所在地には、「水戸肛門科」があるのではなかろうかと考えたのである。

おかしい。ものすごくおかしい。ここまでおかしい連想をすると、どうしてもてめえひとりで笑っているわけにはいかず、家に帰るとただちに104に電話をした。

水戸肛門科が本当に存在したなら、その事実を知ったとたんに笑い死ぬのではなかろうかと危惧《きぐ》した。書斎から104に通話をしたままの姿で変死したら、世の人々はさぞ首をかしげるであろうと思った。

「あの、ちょっとお訊ねします。茨城県水戸市の、水戸肛門科という病院をお願いします」

係員はたぶんうら若き女性である。玉を転がすような美声で、「水戸肛門科ですね、少々お待ち下さい」とこともなげに言った。

鈍感なのか、それとも職業意識に燃えているのか、女性は笑わなかった。

「あいにくですが、水戸肛門科という名前では見当たりません。肛門科でしたら、水戸中央病院にその診療科目がございますが、そちらをお教えしましょうか」

「いいえ、けっこうです」

と、私は電話を切った。ともかく変死体を晒さずにすんだのは幸甚と言うべきであろう。

　命永らえたものの、なんとなくつまらなかった。かつて同じ発想により「ダスキン多摩」を探したことがあった。これはさすがに存在しなかったが、かわりに「ダスキン玉川」「ダスキン玉堤」を発見して、大いに溜飲《りゅういん》を下げたものである。

　惜しい。実に惜しい。水戸に肛門科医院がないはずはない。ならばなぜ、水戸肛門科という秀逸なネーミングを避けたのであろう。国道沿いに墨痕《ぼっこん》あざやかな水戸肛門科の大看板を立て、余分な添え書きは一切せずに、三葉葵《みつばあおい》の紋所を描いてほしかった。実に惜しい。

　それはさておくとして、水戸黄門様について知るところを少し書いておくとしよう。

　俗に「黄門」は「中納言」の唐名であるとされているが、これは正しい説明ではない。唐代に門下省《もんかしょう》という官庁があって、そこの次官を「黄門侍郎」と称した。けっして「肛門痔瘻《じろう》」ではない。このセクションは天子の詔勅も役人からの上奏も、一切を管掌したというから相当の権力を持っていたのであろう。

「黄門」はこれに由来するのだが、わが律令官制の「中納言」とはあまり関連がないように思える。したがって「黄門は中納言の唐名」とする一般的な常識は甚だ疑問である。

　そこで私の痔論、じゃなかった、持論を述べておく。

幕末の時点で、徳川御三家のうち尾張と紀伊は大納言であるが、水戸家当主の官位は中納言のままである。初代頼房は家康の末子で、二代将軍秀忠とは二十四歳も年が離れていた。「黄門様」光圀《みつくに》はこの頼房の子である。

水戸家は官位こそ尾張や紀伊の下だったが、そのかわり二つの特典が与えられていた。ひとつは定府大名として江戸に常住し、参勤交代を免ぜられた。もうひとつは常に江戸にあって、将軍の職務を補弼《ほひつ》した。つまり、これは公式名称ではないが、「副将軍」と言えばそうである。

江戸時代の初めには、おそらく水戸徳川家の当主が常に将軍のかたわらにいて、相当の権勢を誇っていたのであろう。その職掌が唐代の門下省における黄門侍郎に似ていたので、水戸の殿様を称して「黄門様」と呼んだのではあるまいか。

「中納言の唐名が黄門」という学説には根拠がない。「黄門侍郎のような権力を持つ水戸中納言」が正解であろうと私は考える。ちなみに、律令官制と中国の官制を強引に比定するのなら、詔勅の審議という職掌から考えて「中務輔《なかつかさのすけ》」が黄門侍郎ということになる。

おそらく光圀が黄門様を自称したのではあるまい。周囲の学識者たちがその権威ぶりを評して、「まるで黄門だよな」と陰口を叩いたのがそもそもの発端ではなかろうか。

それを耳にした光圀が「おい、どういう意味だ」と詰問したところ、学者は答えに窮して、「黄門とは中納言の唐名です」などと言った。かくして「水戸黄門」なる妙な名前が誕生したのである。

三代将軍家光が実は愚者であったという、興味深い学説がある。これを事実と仮定すれば、黄門様の実像がなんとなく浮かび上がってくるではないか。もっとも、秀忠、家光、家綱の三代にわたって将軍を補佐したのは光圀の父の頼房であったから、黄門様と陰口を叩かれたのはこちらで、光圀はその渾名《あだな》まで世襲したのかもしれない。

黄門様が住んでいた江戸上屋敷は、現在の東京ドームを中心にして、南は水道橋、北は中央大学理工学部のキャンパスまで呑みこむ約十万坪の敷地を有していた。小石川後楽園の庭園はその遺構である。

十五代将軍徳川慶喜は水戸家の出身である。水戸家は副将軍であるかわりに宗家の相続権を持たなかったから、苦肉の策で一橋家の養子に入り、そこから将軍となった。一枚格下の中納言家としては悲願を達成したわけだが、同時に悲劇まで達成してしまったことになる。

あまり知られていないことだが、尊皇攘夷《そんのうじょうい》のスローガンをまっさきに掲げて、明治維新の原動力となったのは水戸藩であった。しかしさきがけとなった志士たちはみな維新前に死に絶えてしまい、明治政府の顕官と呼ばれる人は出なかった。水戸は近代国家の礎となったと言っても過言ではない。

水戸肛門科も惜しいけれど、維新を見ずに死んでいった水戸の志士たちには、実に惜しむべき人材が多かった。

日本は広い

秋も深まるころ、一年のスケジュールの山場を迎えた。

職業の性質からすると、仕事はなるべく平坦に分散させることが望ましい。体力的にも経済学的にも、むろん小説の執筆という揺るがせざる「本業」の性格から考えても、繁忙期と農閑期があってはならないのである。

「本業」という無定見な言い方には解説が必要であろう。べつにアルバイトをしているわけではない。小説家には小説を書くという本業のほか、さまざまの仕事が要求されるのである。サイン会や対談、文学賞の選考委員やら授賞式への列席、所属する日本ペンクラブや日本文藝家協会の活動、テレビやラジオ出演、映像化や翻訳にまつわる打ち合わせ、いやはやそのほかの雑事を挙げればきりがない。

すべてを排除して執筆に専念するほうが理に適っているのだが、生産に徹することができないのは生来の性格であるとともに、営業が長かったせいであろうか。かくして私の手帳は、ほとんど職業不明のわけのわからん営業活動で埋めつくされるのである。

それでも年間スケジュールには法則性がある。本業たる原稿の締切は月末と月初めに集中するので、毎月の中ほどにその他の仕事を詰めこむ。そこならヒマ、という意味なのだが、現実にはそのヒマを舐《な》めてかかるから、仕事の山場はたいてい思いがけないそのあたりに立ち塞がる結果となる。

執筆以外の仕事の最たるものは講演であろう。これは頭も使うし体もしんどい。しかし基本が書斎にとじこもる生活であるから、たまには外出したいという人情もあって、ついつい引き受けてしまう。例年の山場は原稿の締切が重なるときよりも、この講演の連打を浴びる数日間であることが多い。

その山場がきた。月初めの原稿を書き上げて、さて銭湯でも行くかと思ったのもつかのま、手帳を確認して仰天した。ヒマなはずの月なかが、旅芸人のごとき日程で埋まっているではないか。

あろうことか講演の四連打である。しかも明日は東京、あさっては那覇、しあさっては札幌、続けてその翌日も札幌という、まさか旅芸人の一座だってこういう無茶な計画は立てまい。秘書の説明によると、「執筆以外の仕事は極力合理的に、可能な限り集中すべし」という私の命令に基づいた結果であるらしい。

いきなり思いがけぬことを書くが、私はかつて陸上自衛官であった。今は「元自衛官」と自称しているが、たぶん近々、好むと好まざるとにかかわらず「退役軍人」と称する日がこよう。すなわちわが事務所はいまだに戦闘指揮所の空気があり、「兵力の運用は極力合理的に、かつ火力は可能な限り目標に対し集中すべし」という用兵の常識が生きているのである。

というわけで私は、大原稿を書き上げたあと息つく間もなく、過酷な戦場に赴くこととなった。

初日は東京。某ホテルで開催される全国ネットの放送各社のみなさんの研修会である。題して〈小説家という仕事〉。文学と映像は緊密な関係にあるので、小説家の仕事の実態を講ずることは有意義であると考え、この演題とした。一時間三十分の講演をおえて羽田へ。どういうわけか近ごろ、この九十分という長尺が当たり前になった。書いていれば短い時間だが、しゃべるとなると長く感ずるのは、餅屋《もちや》は餅をつけということなのであろうか。

羽田発午後七時四十分。古い歌の文句より少し早い。到着は当然、沖縄の青い海も見えぬ夜更けであった。

翌《あく》る日の講演はさる家電会社のファミリー会ということで、これはまことに客層が摑《つか》みづらい。題して〈人生いかに学ぶか〉。少々面映《おもは》ゆいが普遍性のあるテーマを選んだ。

ただしこの種の話を始めるにあたっては、会場内に私の同級生、もしくは学業成績を知る人がいないことを確かめる必要がある。幸い知己は自衛隊時代が一名だけであった。

世にも稀なる体育会系文学少年であった私は、学校の成績はひどいものであったが、転じては優秀な兵士であったはずであるから、心おきなくこの演題を講じた。

摂氏三十度の那覇をその夕刻に立って羽田で乗り継ぎ、札幌に到着したのはまたしてもめくるめく紅葉すら見えぬ夜更けであった。気温は零度に近く、数時間前とは寒暖差三十度の世界である。日本は広い。

ススキノにラーメンを食いに行こう、という当初の作戦は疲労のため中止。ただちに就寝すると怖ろしい戦場の夢を見た。

翌る日の演題は、〈江戸と平成の往復書簡〉である。これは幕末期の社会習慣が平成の現代にどのような形で存在しているか、という文化論で、時代小説を書いているうちに発見した興味深いくさぐさを語った。

小説家の調べものというのは、人間の探究に焦点を合わせているから、学者の気付かぬ収穫がある。また、本業に勤《いそ》しむほど話材も新たに積み重なるという利点があって、話し手にとってもまことに喜ばしい。

ラーメン食いたしと思えど願い叶わず、主催者のみなさんから鮭料理の饗応を賜る。講演のあとはふしぎに舌が回るのは毎度のことで、なんだか半日もしゃべり続けた気分でたちまち就寝、呪わしい玉砕戦の夢を見た。

「起床！」の号令で目覚める。夢にちがいないと思いきや、札幌隊友会の会長をなさっておられるかつての上官からの電話であった。

「現在時刻〇八〇〇《まるはちまるまる》。講師はしばらく現地にて待機。一三〇〇《ひとさんまるまる》、迎えの車両が向かう」

「了解。一三〇〇まで待機します」

と思わず復唱する。私の原隊は、旧軍の近衛歩兵連隊に相当する精鋭部隊であるから、かつての戦友はみなさん出世している。「閣下」だらけである。なおまずいことには、同期生が年齢的にまだ現役で、日本中の駐屯地に散らばっている。上官からの「講演依頼」は命令であり、同期からのそれは「同じ釜の飯」の務めである。こうした現象を一般社会ではクサレ縁と呼ぶのだろうけれど、どうしてもそうとは思えんのが、いまだ抜けきらぬ兵隊根性であろう。

札幌隊友会、すなわち近々好むと好まざるとにかかわらず、退役軍人会となるであろうこの日の演題は、〈清王朝とそれからの中国〉であった。

少なくとも百数十年の歴史を遡って考えなければ、今日の中国を理解することはできない、というのが私の持論である。真の親善を果たすためには、まずたがいの国の歴史を知らねばならない。親しんでのち知るのではなく、知ったのち親しむのである。たがいにこの謙虚さがなければ、平和を希《のぞ》む資格はあるまい。

札幌発午後五時三十分。シートベルトを締めてようやく、亡き父母の笑顔を夢に見た。

面割れ

もしかしたら自己評価に誤りがあるかもしれないが、私は私自身をたいそう地味な人間だと考えている。

そもそも子供の時分から、目立つことが好きではなかった。家業がカメラ屋であったのに写真はそれほど残ってはおらず、学校の集合写真などでも、たいていは最後列の隅にちんまりと写っている。

実はシャイなのである。恥ずかしがりながら何でもやってしまうという悪い癖はあるけれども、できることなら人前に出たくはない。

そうした性格からしても、小説家は天職だと思っていた。何しろ商売は字を書くことであるから、世間に顔を晒す必要もなく、人にも会わずお天道様《てんとさま》も拝まずに、ひたすら書斎にたてこもっていればいいのである。いくらか名前が売れて、新聞の広告に顔写真の一枚ぐらい載ったところで、この地味な顔ならば日常生活を脅かされることなどあるまい、と高を括っていた。

デビューしてからしばらくの間は、たしかにその通りの平穏な日々が続いた。様子がおかしくなったのは、直木賞をいただく前後のことであった。少しずつ雑誌のグラビアに出たり、写真付きのインタヴューを受けたりしているうちに、地味であるはずのこの顔が、たちまち世間様に面割れしてしまったのである。

小説家は人気商売の一種にはちがいないが、けっして芸能人ではなく、プロスポーツの選手でもない。同業者は誰だってそうだろうけれど、地味に、暗鬱に、非社交的に生きてきたのである。それがある日突然、刺客のごとき他人に「アッ、浅田次郎だ！」などと呼び捨てられて、競馬新聞に赤ペンでサインなどさせられるのだからたまったものではない。

正直のところを言うと、競馬場で遭遇した最初の一人については嬉しかった。これは人情であろう。ところが、それをしおに毎週末の競馬場で同じことが起こり、銭湯でも、ラーメン屋でも、電車の中でも、盛り場の通りすがりにも声をかけられるようになった。

こうなると恥ずかしいうえに不自由である。地味な顔がなぜかくもバレるのであろうと熟考した末、ハゲが目立つのだという結論に達して、以来帽子を冠《かぶ》ることにした。だが、いつも帽子を冠っていると、やがてその格好がグラビアを飾るようになり、ついには帽子を冠った顔が指名手配写真のごとく、さらなる面割れを招く結果となった。

そうとわかっても声をかける人はごく一部であろう。つまり、実は大多数の人に面が割れているのだと思うと、身なりから挙措の逐一にまで気を配らねばならず、一時は犬の散歩に出るのもいやになった。

ベテラン編集者に意見を聞くと、古今の小説家はどなたも似たような悩みをお持ちだそうだ。たとえば、松本清張さんはいつどこでも百発百中の面割れをしたらしい。これはわかる。一方、池波正太郎さんはいつどこでもふしぎなくらいバレなかったという。これも何となくわかる。

まことに無礼な話ではあるが、私の顔は池波先生ほど控え目ではないにしろ、清張先生ほどのインパクトはないと思う。

こうしたのっぴきならぬ日々を送っていると、たとえば外国に出たときにはさぞ心が休まるだろうと考えがちだが、実はちがう。なぜか面が割れる。まず、海外在住の日本人はすこぶる読書をなさっており、日本の新聞や雑誌や衛星放送を、重要な情報源としている。したがって識別率は高い。

次に旅行者だが、外国で日本人に行き会うと自然に注目をする。つまり国内の雑踏では見逃すはずの顔も、はっきりそれと気付いてしまう。しかもまずいことには、海外では旅先の連帯感もあってか気軽に声をかけて下さり、持っているカメラでツーショットとなる。まさかお断りはしないが、ものすごく恥ずかしい。

『壬生義士伝』が正月恒例の長時間ドラマになり、チョイ役で出演したときのことであった。まさしく恥ずかしがりながら何でもやるのである。

幕末期の侍にヒゲを生やす習慣はない。原作者が時代考証をおろそかにしてはまずいので、カツラ合わせのときに長年親しんだヒゲを剃った。

そのとき鏡の中で、「これだ」と思ったのである。なぜ今まで、こんな簡単なことに気が付かなかったのであろう。三十代のなかばに口ヒゲを立てたのは、生来の童顔を被《おお》い隠すためであった。すなわち齢《よわい》五十に至った今日、ヒゲを生やす合理的理由は何もない。しかもヒゲを落としたわが顔はまったくの別人である。むろんデビュー以来、あちこちに出回っている私の顔写真はことごとくヒゲを生やしている。

カツラがまた妙に似合った。このさきもチョンマゲを付けていたいと思った。ヒゲを剃り、カツラを冠った私の顔はどう見ても三十代で、とっさの演技もけっこう垢抜けていたから、おそらくドラマをご覧になった方も、ほとんどはそうと気付かなかったのではなかろうか。

ヒゲを落とした効果は覿面《てきめん》であった。どうやら私の個性の存するところは、ハゲではなくヒゲであったらしい。だいたいからして、日本人のオヤジにハゲは多いがヒゲは少ないのである。稀少なるものはそれだけで目立つのだから、当然といえば当然であろう。

かくて久しぶりに平穏な日々が訪れた。妻や娘は「茹卵《ゆでたまご》のようで気持ち悪い」と評し、編集者たちはみな俯《うつむ》いて笑いを噛み潰していたが、そんなことはどうでもいい。ともかく、かつての顔を知る人が、夫や父ではなく茹卵だと思うくらい私は変貌したのである。もし銀行強盗をするのなら、この手に限るとさえ思った。

堂々と電車に乗り、最大面割れ率のせいでしばらく足が遠のいていた神田神保町界隈《かいわい》を歩き、臆することなくエロ本も買った。競馬場のスタンドでは、昔のように「そのまァー！」と絶叫した。

しかし当然のことながら、つかのまの解放であった。続く新刊の販売促進において、私はヒゲのない顔を新聞広告に使ってしまい、あまつさえテレビにもグラビアにも茹卵を晒してしまったのであった。なぜあのとき、付けヒゲという手を考えつかなかったのだろうと、後になって悔いた。

かくして、新たなる面割れの日々がやってきた。この際、カツラという決定打を放つことも考えぬではない。しかし、天然こそ芸術と信ずる私の美学が許さぬ。親不孝を重ねる気もするし、第一、行為の完全を期するには、カツラ屋を殺害せねばなるまい。

やはり今となっては、「地味だけどインパクトのある顔」を呪うほかはないのであろうか。

他人の空似

かつて小説の中でも詳しく書いた憶《おぼ》えがあるのだが、アメリカ人と中国人はなぜか「他人の空似」を感じさせる。

第一に、外国人に対してすこぶる鷹揚《おうよう》かつフレンドリーである。なんら他意なく、ほとんど挨拶の延長で旅行者に親しく語りかけてくるのは、アメリカ人と中国人であろう。しかも当方が言語を解するか否かに関係なく、勝手にしゃべり続けるところまでよく似ている。

声が大きいのも共通している。彼らに言わせれば、「日本人は無口なうえに声が小さい」のだそうだが、世界中のさまざまな民族を公平に分析してみると、やはり日本人がそうなのではなく、アメリカ人と中国人が「おしゃべりなうえに声が大きい」のではなかろうかと私は思う。

むろん悪いことではない。旅行者の立場からすると、そうした国民性は居心地がよい。私がプライベートの旅といえばたいがいどちらかを選ぶのは、北京ダックを食べに行くとかラスベガスに行くとか、個人的な趣味はさておくとしても、ともかく居心地のよさを感ずるからである。

アメリカ人と中国人は、民族的にはアカの他人である。ではなぜ他人の空似があるのかというと、たぶん原因は地理学的な形態であろう。地図を拡げてみれば一目瞭然だが、両国は地球上のほぼ同じ緯度に、ほぼ同じサイズで存在している。

早い話が、国がデカければ声もデカいのである。たとえば日本の場合、国土が小さいぶん家も小さい。大声で呼ぶほど女房が遠くにいるわけはなく、遊びに出た子供も窓を開ければそこいらにいる。かくて国がデカいぶんだけ家族の距離も遠いにちがいないアメリカ人や中国人は、日常会話の声もデカくなったのであろう。私はロシアに旅をしたことがなく、ロシア人もよくは知らないが、たぶんアメリカ人や中国人にも増して声がデカいのではなかろうか。

他人の空似とはいっても、似て非なるところもある。

両国民とも自己主張がはっきりしていて譲らぬから、路上の喧嘩《けんか》をしばしば見かける。その点は似ているのだが、非なるところは中国人の口喧嘩に反して、アメリカ人は手が早い。

中国人の口喧嘩は壮観である。相手を罵る単語が豊富であり、構文的にも多岐をきわめている。たとえ言葉が理解不能でも、多くの語彙《ごい》を駆使していることや、さまざまの表現で相手を罵倒《ばとう》しているのはわかる。さらに感心することには、この口喧嘩の壮大な応酬は、男女の性別や年齢差や、明らかにヒエラルキーが異なると見受けられるご両人でも、ほとんど関係なくくり拡げられる。そもそも口下手がいないのか、それとも口下手は喧嘩をする資格がないのか、ともかく中国における路上の口喧嘩は際限がなく、しまいには人垣に囲まれたリング上の様相を呈する。野次馬が仲裁に入らないのもまた面白い。

つまりそれくらい中国語はすぐれた言語なのである。口ですむから暴力に訴える必要はないらしく、私はかつて中国の路上で殴り合う喧嘩は見たためしがない。それを承知しているから、あえて仲裁に入る者もいないのであろう。

一方、アメリカ人の喧嘩はすこぶる危険である。

たとえば酒が飲み放題のラスベガスなどでは、一晩に一度は間近に目撃するのだが、言葉での応酬は実に短い。たいていは映画等でおなじみの単語と成句を相互に重ねて連呼した後、たちまち手が出る。

むろん野次馬もそうした展開は読んでいるから、中国のようにリングのような人垣ができるはずはなく、相当の距離を置いて観戦する。カジノのガードマンは、大声を聞けば疾風怒濤《どとう》のごとくあちこちから殺到し、仲裁どころか両者を押し潰して連行してしまう。

　このあたりも中国では、たとえ警官が喧嘩のかたわらを通りすがってもとりあえずは野次馬に加わり、交通の妨害にでもならぬ限り仲裁には入らない。

　さて、このように考えると、言葉はまことに大切である。

　中国人は忿懣《ふんまん》の相当量を言語によって解消することができる。すばらしい言語能力を持つ漢民族が、かつて漢土を出て戦をしたためしは、四千年の歴史のうちでもほとんどないのではなかろうか。

　わが国においても、人間がおしなべて暴力的になったことはたしかであろう。倫理感の欠如であるとか、教育の不備であるとか、果てはテレビや映画やゲームの影響であるとか言われるけれども、私は何をさし置いても、感情を制御し担保するだけの言語力の低下が主たる原因であろうと思う。

　言葉は明らかに退化しているのである。活字ばなれという社会現象の結果とばかりは言い切れまい。なぜなら言葉というもののプリミティヴな形は読み書きするものではなく、語りかつ聞くことによって相互の意思を伝達し合うものだからである。

　本来は対面して語りかつ聞くべきである言語が、電話機の登場によって対面せずとも可能になり、さらにコンピューターの普及によって、対面もせず語りもせずに意思の疏通が図れるようになった。しかし、そのようにして対話が利便となればなるほど、発言者は自らが語った言語の責任から免れ、たとえば銃器の効力を知らずして引金を引いてしまうように、言葉の実力を知らずに発言をしてしまうのではなかろうか。

言葉の今日的な退化とは、おそらく活字ばなれに起因しているのではなく、対面して発声することのなくなった対話の実態が、最も重大な原因なのではないかと私は思う。コンピューターの普及によってコミュニケーションが飛躍的に拡大したのはたしかだが、その一方で対面の機会が減少し、言語表現の集約化と言語世界の縮小化が進行していることもまたたしかである。この現実に活字ばなれが加われば、感情を制御し担保するだけの言語は失われ、そのとたんに人間は暴力による感情表現をなさねばならなくなる。

誤解を招かぬために言い添えておくと、口喧嘩もけっして褒められたものではない。言葉は諍《いさか》うためにあるものではなく、諍いをせぬように神が猿どもに与え給《たも》うた叡智なのである。

日本人の微笑

外国に旅立つ友人から、旅先で読むのにいい本を教えてくれと訊ねられ、さして考えるでもなく「小泉八雲」と答えた。

小泉八雲といえば『怪談』である。友人はたちまちその代表作を連想したらしく、ちょっと馬鹿にされたような顔をした。

いったいに小泉八雲は、この『怪談』という単刀直入のタイトルによって、後世どれくらい損をしているかわからない。つまり一九〇四年の彼の死の直前に海外で出版された原題“KWAIDAN”は、外国人にとってはまったく意味不明の題名で、日本の怪奇《かいき》譚《たん》集のイメージにはふさわしいのだが、そのまま『怪談』というふうに日本語訳をしてしまえば、なんだか身も蓋《ふた》もないような気がする。ましてやこの遺作がその後百年の大ベストセラーになり、小泉八雲すなわちホラーということになってしまった。

日本に魅せられ、日本人として死んだ小泉八雲のライフワークを端的に言うなら、「怪談に象徴されるような日本の美学の探究」ということになろう。あくまで『怪談』

が彼のすべてではない。

小泉八雲は私たち日本人に読ませるためではなく、彼が親しく見聞し思考した日本人の精神を、英文によって外国人に広く理解させようとしたのである。したがって彼の著作には、日本人の本来の姿が活写されていて、すっかり欧米化された私たちが外国でその文章を読むと、すこぶる感心し、かつ考えさせられる。私のお薦め理由はそういうことなのである。

波瀾《はらん》万丈という言葉は、小泉八雲にこそふさわしい。あながち不幸な人生とは思わぬが、たぶん彼は「いったい何の因果で」と呟き続けていたであろう。それくらい、次々と思いがけぬ展開が続く人生であった。

一八五〇年にギリシャのイオニア諸島の、レフカダ島という島で生まれた。そんな島はよほど旅慣れた人だって聞いたこともないのである。後世に名を残す人物の生地としては、まず異色中の異色であろう。父がアイルランド人で母がアラブ系のギリシャ人というから、いよいよもって異色である。

ご存じの通り、小泉八雲の本名はラフカディオ・ハーンという。この名前も、なんとなく国籍不明の感じがする。

幼時をアイルランドで過ごすが、やがて父母が離婚してしまったので資産家の大叔母に引き取られた。生まれつき視力が弱いうえ、イギリスの神学校に在学中、あやまって左目を失明してしまった。その神学校も大叔母の突然の破産で中退せねばならず、遠縁を頼ってフランスへと移ることになる。ラフカディオは十七歳にして、すでに四カ国を転々としていた。

さらに十九歳のときアメリカに渡る。独学を続けながら、電報配達や煙突掃除をした。苦労の甲斐あって、二十四歳のときにシンシナティの新聞社に記者として就職する。物書き人生の始まりである。やがてニューオリンズに移り、「不景気《ハード・タイムズ》」という大衆食堂を開くが二十日間で潰れる。洒落にもならぬ失敗である。

その後は堅実にヨーロッパの新文学の翻訳に努めた。フランス語とロシア語には堪能であったらしく、ゴーチエ、ボードレール、ツルゲーネフ、ドストエフスキーなどを英訳している。相当なものであるが、なぜか突然ニューオリンズから西インド諸島に移住する。で、またしてもなぜか突然、横浜にやってきたのは三十九歳のときであった。

つまり小泉八雲にとって、日本は七カ国目の居住地である。貧困と独学。肉体と血脈のハンディキャップを克服しようとする不断の努力。他国籍者の世界観。カソリックに対する嫌悪と、キリスト教普遍主義への反撥《はんぱつ》。キーワードはだいたい以上のようなところであろうが、欧米知識階級の中ではまことに異色な経歴と、その経歴ゆえの思想を持った人物が、見たまま感じたままの日本を世界に紹介したのだから、その著作の面白くなかろうはずはない。

たとえばよく知られる随筆に、「日本人の微笑」という名作がある。

日本人は常に絶えざる微笑をたたえている、と彼は言う。そして、つらいときでも悲しいときでも、ふしぎに消えることのないその微笑をこう解析する。

「その微笑には反抗も偽善もない。とかくわれわれが性格の弱さに結びつけがちな、弱々しい諦めの微笑とも混同してはならない。それは入念に、長い年月のあいだに洗練された一つの作法なのである。それはまた、沈黙のことばでもある」

（『小泉八雲集』上田和夫訳、新潮文庫。以下同じ）

言われてみればなるほど、日本人は笑顔が地顔である。日ごろは意識しないが、外国で日本人にすれちがうと、誰もが微笑んでいる。小泉八雲に指摘されなければ気付くことのない、日本人の特徴であろう。

さらには、その笑顔の正体についてこう述べる。

「日本人ほど、幸福に生活していくこつをこれほど深くわきまえている国民は、他の文明国には見られないのである。人生のよろこびは、周囲の人たちの幸福にかかっているのであるから、つまるところ、無私と忍従をわれわれのうちにつちかうところにあるという真理を、日本人ほどひろく理解している民族はあるまい」

こうまで褒められると、今さら汗顔の至りである。いわば欧米流の個人主義に対する日本的社会主義に着目したのであろうか。あるいは儒教思想の国民的消化と顕現をさしているのかもしれぬ。いずれにせよ小泉八雲が観察した日本人の本質はこういうもので、そののち何があったにしろわずか百年の間に、国民性が変容するとは私には思えない。表層的には著しく欧米化された私たちのうちには、こうした美徳が今も確として存在する。だから日本人は、微笑し続けるのである。

しかし小泉八雲の著作の中には、今日の私たちが読んで心の痛みを感ずるものもある。「停車場にて」という小品では、彼が熊本の駅頭で見たある事件が報告されている。警察官が駅の人混みで、殺人犯と被害者の遺児を対面させる。すると殺人犯は、その子供に向かって大声の懺悔《ざんげ》をする。八雲はレポーターとして、この光景を正確に描写している。かつてシンシナティの社会部記者であったラフカディオ・ハーンの、面目躍如たる筆致である。

どれほど凶悪な犯罪者でも、日本人は子供を殺したり傷つけたりしないと、八雲は世界に向かって断言する。だからこの光景の意義は、「どの日本人の魂にも大部分を占めている、子供に対する潜在的な愛情にうったえることによって、悔恨をうながしたことである」と述べる。

美しい日本を世界に紹介し、かつ後世の私たちにその誠実な記録を残してくれた小泉八雲は、「祖国日本」の今日をさぞかし嘆いていることであろう。

ホーおじさんの笑顔

限りある人生において、人間はいったいどれくらいのことができるのであろうと、しばしば考える。

貧富貴賤《きせん》にかかわらず、人間は楽をして生きようと思えばさまざまの方法があるし、苦の道をたどろうとすれば、これもまたきりがない。

ホー・チミンという人は、限りある人生を強靭《きょうじん》な意志を以て全うした典型である。人間はその気になればこれだけのことができるのだよと、後世の子らに人生の模範を示した人物とも言えよう。

少なくとも彼は、単なるベトナム戦争の勝者ではない。太古からの忍従の歴史と、百年にわたる外国の支配と介入に終止符を打った肇国《ちょうこく》の英雄である。ベトナム戦争は資本主義と社会主義の対決であったことも事実だが、国民にしてみれば独立戦争以外の何ものでもなかった。つまり人間は限りある人生において、一国二千年のいかんともしがたい歴史を覆すこともできるのである。あらゆる主義主張を超えて、彼は人間の実力を証明した手本であろう。

ホー・チミンの遺体は、ハノイ郊外の廟《びょう》に精巧なエンバーミングを施されて眠りについている。なんとなく、死してもなお働き続けているように見えてお気の毒なのだが、その業績を生活のうちに実感できぬ私でも、わずかに笑みをたたえたお顔には心打たれた。静謐で穏やかな人。私欲のかけらもなく、存在そのものが祖国であり民族である、ひとりの男。真の英雄とは、こうした素朴で当たり前の人間なのだと、しみじみ思った。

ベトナム国民は、彼を「ホーおじさん」と呼ぶ。


さて、そうこう思いめぐらしつつ、「人生いかに楽をして過ごすか」と悩み続けている私は、自分で自分が嫌になりながらホー・チミン廟を後にした。

この廟は国民の聖地であるから、ベトナムでは珍しく見学者には多少の制約が課せられている。服装はきちんとしていなければ入場できず、私語も許されない。したがって観光客は、所持品の検査をされたうえ、不要な品物は警備室に預けなければならなかった。

ホー・チミンの人生に思いを馳《は》せながら次の目的地に向かう車中で、忘れ物に気付いた。警備室に預けた品物のうち、サングラスが見当たらないのである。たかがサングラスとはいうものの、それは私のお気に入りグッズであった。数年前に「メガネベストドレッサー」に選ばれたときの賞品のひとつなのだが、メガネのフレームに磁石で吸い付くすぐれもので、すこぶる使い勝手がよい。近視、乱視、遠視、という厄介なレンズの上にワンタッチで密着するのである。有名メーカーの製品とはいえ数年前のモデルであるから、再び手に入れようとしてもすでに在庫はないのではあるまいかと思えば、手間や銭金の問題ではなかった。

私は同行者たちの迷惑も顧みずに、長駆一時間余の道程をホー・チミン廟まで引き返すことにした。

戻り着いたのは夕刻であった。廟の公開時間はとうに過ぎており、警備室には鍵《かぎ》がかかっていた。

あまり他人に悟られぬよう心掛けてはいるが、実のところ私は執念深い性格である。天職は作家ではなく刑事であろうと思う。したがっていったん労力を費やした行動は、まず中途であきらめない。ために小学校の運動会では、「俵引き」の競技でいつもみじめな思いをした。

こうなると、警備室が閉まっているからといってもあきらめきれんのである。さてどうする。執念深い性格は信長的ではないが、「朝までここで待つ」という家康的な執念深さもない。タイプでいうなら、どうしてもなんとかする秀吉型である。そこで私は、そこいらに立っている警備の軍人に事情を伝え、ぺこぺこと頭を下げた。目的を達成するためには他人の迷惑を顧みないのも、持って生まれた性格である。

軍人はいい人であった。トランシーバーと電話を使ってあちこちに連絡をとってくれた。彼の努力は三十分も続いた。警備担当者か、あるいは警備室の鍵を持っている人物がつかまらないらしい。申しわけないと思う一方、たぶんこの人も小学校の運動会ではみじめな俵引きをしたにちがいないと思った。

「担当者のご家族が忘れ物を持ってきて下さるそうです」

通訳の言葉に、私は思わず快哉の声を上げた。人格を疑われても困るので言い足しておくと、むろん恐縮もした。

待つことさらに一時間、夕闇迫る広場に自転車を漕《こ》いでやってくる人影があった。ホーおじさんが来てくれた。粗末だが清潔なシャツを着て、にっこりと私に微笑みかける老人は、廟の棺《ひつぎ》に横たわっていたホーおじさんにそっくりだった。

「これかね」

と、ホーおじさんはポケットから私のサングラスを取り出した。担当者が忘れ物を家まで持ち帰ってくれていたらしい。

旅慣れた癖でついチップを渡そうとすると、軍人もホーおじさんも「絶対ダメ」という意志を表した。仕方がないのでタバコを勧めた。軍人はそれも受け取らなかったが、ホーおじさんは私に並んでたそがれの一服を味わってくれた。

「お若いころ、日本人の友達が大勢いらしたそうです。日本語がとても懐かしいって」

通訳の言葉に私は胸を打たれた。私が生まれる十年ほど前に、日本はフランス領インドシナと呼ばれていた当時のベトナムに進駐した。その支配は終戦までの五年間に及ぶ。つらい記憶もあるにはちがいないが、ホーおじさんは懐かしさばかりを語ってくれた。やはりベトナムは寛容の国である。そして寛容はけっして忘却の異名ではないと、ホーおじさんの微笑は私に諭していた。

古い自転車を軋《きし》ませて、ホーおじさんは夕闇に消えてしまった。

その人生のすべてを祖国の独立と民族の栄光に捧げたホー・チミンは、英雄たるを欲せぬホーおじさんのまま、一九六九年九月二日に息を引き取った。その日は奇しくも、ベトナムの独立記念日であった。私は彼の軍服姿も、ネクタイを締めた写真すらも見たことがない。

フランスと戦い日本と戦い、ついにはアメリカと戦ったホー・チミンの遺《のこ》したものは、国家という形ばかりではなかった。英雄は人々の忍従の微笑を、寛容の微笑に変えたのである。

ありがとう

ロサンゼルスとサンフランシスコで講演をした。

その移動中の出来事である。ロサンゼルス空港で搭乗機の出発時刻が遅れた。昨今のアメリカ国内線ではべつに珍しいことではない。手荷物と身体の検査が厳重なので、大型機が満席の場合などは時間を食うのである。

搭乗時間が二時間近く遅れたうえ、さらに機内で二時間も待たされた。今度は機体の再点検であるという。こうしたとき、私のような呑気者《のんきもの》は便利である。読書さえしていれば時間の経過はまったく気にならないので、むしろ豊饒なひとときを与えられたような気分になる。ましてやわが身の安全のためと思えば、ありがたい限りであった。

これが日本国内便であったら乗客たちは大騒ぎをするところであろうが、どうやらアメリカ人はこの程度のことには慣れているらしく、静かにフライトを待っていた。

ところが時間が経過するにつれ、さすがに気が気ではない人々が現れた。サンフランシスコ乗り継ぎで帰国する予定の日本人乗客である。その多くは個人旅行の若者たちで、どうやら彼らはサンフランシスコ発の成田経由というアジア系航空会社の便に乗り継ぐ予定であるらしい。私の世代ではとうてい考え及ばぬのだが、近ごろの若者たちは廉価な航空券を活用して、器用に世界を駆け回っているのである。

まさか国際便が、たった一機の国内便の到着を待つはずはない。かくて彼らの器用な旅行計画は、その最終旅程で頓挫《とんざ》するわけであるから、あわてるのも当然である。

結局四時間後にこの便は欠航となり、乗客は降ろされた。すべては安全な運航のためなのだから仕方がない。こういうとき、さすが航空大国のアメリカ人はまったく動揺しない。文句ひとつ言わずにそれぞれが個人の責任において、次なる方法を探す。

ほかのサンフランシスコ行きは満席であったが、幸い私は近郊のサンノゼ着のチケットを入手することができた。サンノゼとサンフランシスコの間はせいぜい七十キロほどであるから、夕方の講演時間には間に合う。

ほっと一息ついたとき、日本人の若者が心細げに話しかけてきた。

「あのう、僕はどうしたらいいんでしょうか」

どうするも何も、自分の始末は自分でつけるのが世界の常識である。どうやらこの若者はサービス大国日本の常識によって、アメリカの航空会社がきちんと責任をとってくれるものだと思いこんでいるらしい。で、何をするでもなくボーッと待っていたのである。

聞くところによれば、彼は気ままな一人旅をおえてサンフランシスコ発の成田経由便で帰国する予定なのだが、その便のフライト時刻はすでに過ぎている。ボーッとしている場合ではないのである。

「あの、君ねえ――」

説教をしようとして、私はその若者の顔つきといずまいの悪さにウンザリとした。あまりにも緊張感がない。古い言い方をすれば覇気に欠ける。さらに古い言い方をすれば、進取の精神に悖《もと》るのである。

私たちの世代にも、徒手空拳《としゅくうけん》で日本を飛び出す若者は大勢いたが、何はなくともそうした気構えだけは持っていた。いわゆる自己責任という覚悟である。

「ここは日本じゃないんだよ」

「わかってますけど」

「アメリカにどうやってきたの」

「インターネットでいろいろ調べて」

「何をしにきたの」

「べつに」

そもそも人と話すことが苦手であるらしい。若者との対話は、まるで猫を相手にしているように不毛であった。

このさきの長い人生のためには、勝手にしろと言いたいところだが、まさかそうもできない。何しろ彼は、英語もろくにしゃべれぬのである。いや、きょうびの若者のことだから私などよりよほど達者なはずだが、アメリカ人を相手にしゃべろうとはしない。

そこで、依然としてボーッとしている彼のために、私の同行者が八方手をつくしてとにもかくにもロサンゼルス発成田行きのシートを確保した。その間にも彼は、ちんまりと椅子に座ってパソコンと対話をしていた。

「おい、何を調べているんだ。チケットは取れたよ」

「そうですか。ああ、よかった」

まるで当然の権利のように、若者はチケットを受け取った。パソコンで何を調べていたわけでもない。ネット内の友人に、近況報告をしていたらしい。

サンフランシスコからの乗り継ぎ便ではなくロサンゼルス発の直行便に乗ることができるのだから、彼にとっては瓢簞《ひょうたん》から駒が出た果報であるはずなのに、そのあたりもピンときてはいないようであった。私はむしろ、今日まで社会の恩恵によってのみ生きてきたようなこの若者が、私たちの用意した直行便にも乗りそびれるのではないかと危ぶんだ。それくらい彼は頼りなかった。しかし私たちには、彼を無事に搭乗ゲートまで送り届ける時間の余裕がなかった。

するとそのとき、近くにいたアメリカ人の若者が語りかけてきた。同じ直行便のチケットが取れた沖縄駐留の海兵隊員であるという。事情のあらましはわかっているらしく、彼を成田まで連れて行くから任せろ、と言った。

頼むに足る屈強な好漢である。おたがいの搭乗時間は迫っていたので、私たちはわけのわからぬ日本人を、このアメリカ人に託すことにした。

米兵はたくましい腕をつき出して握手を求め、朗らかに自己紹介したのだが、若者は軽くその手を握り返しただけだった。まるでこの見知らぬ人の好意すらも、当然の権利と考えている様子である。

この期に及んで私はついに、情けない若者の頭をゴツンと叩いた。

「英語で、ありがとうは何て言うか知ってるだろう」

「サンキュー」

「ていねいに言え」

「サンキュー・ベリー・マッチ」

「そうだ。そう言ってきちんと握手ができるようになるまでは、二度と日本から出るな。おまえには権利があっても資格がない」

たぶん私の説教も、理解不能であったろうと思う。自分が何をしなくとも社会が何とかしてくれる結構な国に生まれ育った若者は、自己責任という言葉どころか、「ありがとう」の一言も忘れてしまっているのではなかろうか。

それにしても、「ノー・プロブレム」と笑って同じ齢ごろの若者を連れて行ってくれた、あの海兵隊員の姿は忘れがたい。

星を狩る少年

港のレストランで食事をしながら、彼はアラビアの星ぼしの伝説を語ってくれた。

満月は旧市街の城壁に隠れており、私たちの頭上には砂子《すなご》を撒いたような星空があった。ひとつひとつの星座にまつわる美しい物語を、彼は流暢《りゆうちよう》なフランス語にカタコトの日本語をまじえて語り続けた。

ときおり夜空に向ける指は、およそ物語とは無縁の毛むくじゃらである。鬼瓦《おにがわら》のような顔はいわゆるコワモテで、そのせいかいまだ三十代という年齢が信じられない。

「僕が老けているのではなくて、日本人が若々しいのです。そう、日本人はみんな若いですね」

然《しか》りである。そして外見が若いわりには、ロマンチックな星ぼしの物語を、私たちは忘れてしまった。

「ところで、どうしてそんなに詳しいんだい。星の話と、それから――」

私はテーブルに並んだ地中海の魚を指さした。彼が語る星と魚の話は、とうていガイ

ド の知識とは思えなかった。

「べつに勉強したわけではないんですけど」

と、彼は少し恥じるように言った。

「星と魚しかなかったのです。生まれてからずっと、それしか知らなかったから」


ナジャ・ジラニはケルケナという地中海の島で生まれた。父親は貧しい漁師だった。その島の名は、「星を狩る場所」という意味だそうだ。

「パリに行ったのは、星と魚のほかのことを知りたかったから。小さな鞄《かばん》と、片道のチケットだけ。何も持っていなかった」

ナジャはメトロのサンプロン駅に近い古本屋で働きながら、学問を修めたという。モンマルトルの裾あたりであろうか。

「そこで日本人に恋をして、プロポーズはうまく言えないから、血で手紙を書いた。今の奥さんですね。チュニジアに連れて帰ってきました」

何とも剛腕である。ひたすら直球勝負のピッチャーというところか。ちなみに彼の奥方は別府の生まれで、しばしば一緒に里帰りもするらしい。

「星と魚の次に覚えたのは、日本のおいしい料理と温泉。日本人がみんな外国旅行をして、外国人があまり日本に行かないのはふしぎです」

将来の夢はチュニスにウドン屋を開くことだそうで、麵《めん》の製法はすでに日本で修得済み、原材料はすべて現地調達ができるという。言われてみればウドンの材料は小麦粉と鰹節《かつおぶし》、チュニジアは世界に誇る陶器の名産地であるから、なるほどやってできぬことはあるまい、という気はする。

ナジャは少年のように目を輝かせながら、日本の魅力を語り続けた。

チュニジアとモロッコをめぐる旅は、どうしたわけかトラブルの連続であった。しかし同行するガイドは無敵のナジャである。

まず、ジェルバ島からサハラ見物に向かうフェリーの渡し場で、自動車の長蛇の列に割りこみ、ほとんど強行突破という感じで乗船した。往復七百キロに及ぶサハラ日帰りツアーの目的を達成するためには、行儀よく乗船の順番を待つわけにはいかなかったのである。

「無理が通れば道理ひっこむ」という日本の諺《ことわざ》を知ってか知らいでか、まずナジャは「日本からはるばるやってきたお客さん」という妙な理由を押し通して泣きを入れた。それでも承知しない場合は、「俺の客だ、文句あるか」と凄《すご》むのである。アバウトで心やさしいアラビアンは、ナジャの敵ではなかった。

同様のゴリ押しは旅の途中で何度もあったが、最大のピンチはモロッコのマラケシュに向かうチュニス空港のカウンターであった。

あろうことかもうひとりのガイドが、二名分のチケットをホテルに置き忘れたのである。取りに戻る時間はない。チュニスからマラケシュは一日一便、しかもトランジットのカサブランカ空港は広くて複雑、アラビア語を解せぬ日本人だけでは心もとない。陸路で追及するとなればアルジェリア横断で丸二日、これは論外であろう。

明日の便にするほかはあるまいと全員があきらめているのに、ナジャは後にひこうとしない。何とカウンターにしがみついて、離陸を遅らせているのである。

「もういいよ、ナジャ」

しかし無敵のナジャは、私の手を振り払って言う。

「ノン。ダメと思ったらダメです」

いくら何でもチケットなしで国際便に搭乗するのは無理であろうと思いきや、泣きと脅しの説得の末に、とうとう航空会社が折れたのであった。むろん一方的なゴリ押しではない。ホテルに連絡をとって航空券の所在を確かめさせ、それがまちがいなく本人のものであるという確認もさせたうえで、しごく合理的な主張を押し通したのである。アラビア語の会話はまったく理解できなかったが、ナジャの気魄《きはく》に係員がたじたじになっていく様子はわかった。

「すみませんけど、かなり無理を言ったので、搭乗口まで走って下さい」

そう言うが早いか、ナジャは四人分の手荷物を両肩に担いで駆け出した。

こいつはすごい、と私は走りながら思った。たしかにダメと思えばなんでもダメなのである。ともすると可能なことを不可能にしている多くの人間たちの中で、ナジャは可能な限りを可能とし、時には不可能すらも可能にする。「ダメと思えばなんでもダメ」を言いかえれば、「ダメじゃないと思えばなんでもダメじゃない」のである。そんなふうにして一直線に生きてきたナジャは、やっぱりすごい。

ナジャ・ジラニと別れたのは、二夜を過ごしたマラケシュの空港であった。

パリ行きの搭乗時間を待つ間にも、ナジャはロビーの窓越しに星ぼしの物語を聞かせてくれた。

「ほんとに、星と魚しか知らなくて」

話をおえると、ナジャは口癖のように言った。星と魚しかない島に生まれ育った少年は、今もそう信じているのだろう。

私はフランス語訳の『蒼穹の昴』"LE ROMAN DE LA CITÉ INTERDITE"を彼に手渡した。少し考えてから、筆ペンで「無邪君へ」とサインを入れた。

「漢字、読めません」

「君の名前だよ。ウドン屋の看板にしてもらえると嬉しいんだが」

思いに邪《よこしま》なし。神様はきっと、星を狩る少年に無邪《ナジャ》という名前を与えたのだろう。

「オ・ルヴォワール・ムッシュ」

ほどいた握手で鬼瓦のような顔を被うと、ナジャは男泣きに泣いてくれた。

初出＝ＪＡＬ機内誌「ＳＫＹＷＡＲＤ」、二〇〇二〜〇六年
この作品は二〇〇七年十月、小学館より単行本として、二〇〇九年十月、小学館文庫として刊行されました。

浅田次郎の本

王妃の館（上・下）

150万円の贅沢三昧ツアーと、19万8千円の格安ツアー。対照的な二つのツアー客を、パリの超高級ホテルに同宿させる!? 倒産寸前の旅行会社が企てたツアーのゆくえは……。

オー・マイ・ガアッ！

くすぶり人生に一発逆転、史上最高額のジャックポットを叩き出せ！　ワケありの三人が一台のスロットマシンの前で巡り会って、さあ大変。笑いと涙の傑作エンタテインメント。

浅田次郎の本

鉄道員（ぽっぽや）

娘を亡くした日も、妻を亡くした日も、男は駅に立ち続けた——。心を揺さぶる〝やさしい奇蹟〟の物語。表題作をはじめ、8編収録。第117回直木賞受賞作。

活動寫眞の女

昭和44年、京都。大学新入生の僕は友人と太秦映画撮影所でアルバイトをすることになった。その友人が恋に落ちたのは30年も前に死んだ女優の幽霊だった……。青春恋愛小説の傑作。

集英社文庫

集英社文庫

つばさよつばさ

2015年３月25日　第１刷
2023年12月17日　第４刷

定価はカバーに表示してあります。

著　者　浅田次郎《あさだじろう》

発行者　樋口尚也

発行所　株式会社　集英社
東京都千代田区一ツ橋2-5-10　〒101-8050
電話　【編集部】03-3230-6095
【読者係】03-3230-6080
【販売部】03-3230-6393（書店専用）

印　刷　TOPPAN株式会社

製　本　加藤製本株式会社

フォーマットデザイン　アリヤマデザインストア　　マークデザイン　居山浩二

ISBN978-4-08-745295-2 C0195